猫座の女の生活と意見

浅生ハルミン

晶文社

装幀　名久井直子

猫座の女の生活と意見

目次

〈1〉

〈2〉

〈3〉

1

女と狩猟

もう二二年も前のこと。東京に住みはじめてすぐの頃だったか、山手線の高田馬場駅のホームから、半裸の男女が相撲をとっているモニュメントを目撃して仰天させられたものだった。男は力士、女は金髪だった。今はなくなってしまったが、きくところによるとそれは質屋の看板で、夜はライトアップまでされるらしい。今や、裸体像が玄関や居間、広場のモニュメント、駅前、ピアノの上などにまで飾られていても、誰ひとり不謹慎だと思わなくなっていたり、あるいは飲み会の席で「あたし、セックスってバイオリンみたいなものだと思うの」と自己充足しきった表情で「半握り」なことを思わせぶりにいってその場の男性の心をわし掴みしたあとに「アラーキーの写真ってちっともいやらしくないと思うわ、アラーキーの写真のモデルだったらなってもいい気がする」というような、「あなた、アラーキーの写真はとてもいやらしいですよ。いつもはどんなのを見ているのか教えてください」と折り入って質問したくなるようなことをつけ加えて自分自身の裸体像をそれとなく男性の脳みそのヒダに忍び込ませる、という女性による男性捕獲法の手口が、もはや誰にでもすぐに見破られてしまうご時勢になっているというのに、私の部屋の本棚におもに昭和四〇年代に発行されたハウ・トゥ・セックスの本が数多く並んでいるという光景は、まだまだ当り前のことではないようだ。

私の部屋に来て本棚を見た人は、本当は「こんな本を買って恥ずかしくない？」といいたいのを我慢して「女性が古本を集めているなんて珍しいですね。しかも性に関する本なんて」というのはまだいいほうで、なんていっていいのか解らないような困った表情か、もしくは固まる。たまたま体位の本の横に並べてあったあやとりや影絵の遊び方が載っている「楽しい手あそび・指あそび」という児童向けの本にまで「この女……」と怖じけづいて後退りする人もいる……そうはいっても、性に関する本を誇示するように部屋に堂々と置いてあるわけでなく、奥の暗い部屋に目立たなくしているんだけどナ。

どうして女性で古本を収集している人は少ないのか、というよく言われる疑問については、私には本当にそうなのかどうかは解っていないのだが、たしかに洋服や小物を集めている女性に比べると少ないかもしれない。なぜそうなのか考えてみると、洋服や小物を手に入れることよりも、古本を収集することは、狩と彷徨の要素が多く含まれているからだと思う。

古本を収集する人は、あるジャンルの本を網羅したいということももちろんあるけれど、初めて訪れた町の偶然見つけた古本屋で、いかに掘り出し物を探すか、とか、古本屋以外の場所でもいい本を見つけて運よく手に入れたいといった、鼻を利かせて本を見つけることによろこびを感じたりもしますでしょう。そういった狩りと彷徨は、やはり女性的環境に育った乙女の行動の範疇にはないだろうし、狩りの獲物がずらずら並べられている独り暮らしの女の部屋なんて、ちょっと見たくない感じだ。そして自然に女性的な行動が身についている人は、自分からわざわざ狩りに出たりせずに毛並みを整えて狩られるのを待ち、とっくに嫁に行っている。私もあんまり本気じゃない野菜の有機農法とか、ほどほどの趣味の本のコーナーにでも行ってたたずんでいようかしら。それとも南美希子さんに人生相談するのとどっちがいいんですかね。レッツ・ハンティング！

モリーナの壁

一九八七年に公開された『蜘蛛女のキス』は、白いチョークで描かれた星や雲のような波のような絵と、マレーネ・デイトリッヒやグレタ・ガルボのブロマイドがごてごてと貼られている灰色のコンクリートの壁を、カメラのレンズが観客の視線のかわりになってゆっくりと移動する場面で始まります。つづけてカメラは香水や化粧水とおぼしきガラスの瓶や、ふたを開けたままのほお紅やアイシャドウのケースがごちゃごちゃと突っ込んである桃色の箱や、赤いクッションに寝かされたおんぼろの抱き人形を映し出したのち、鉄の無骨なベッドを、まるでやわらかな天蓋付きのベッドに見立てるかのように吊り下げられた男物のランニングシャツやくすんだ色彩の衣服の重なりを映画を観る者の視線がとらえるとき、そこが連日テロリストたちが投獄されて拷問を受ける薄暗い牢屋の一室だったというふうには、誰も思わないことでしょう。

その牢屋の壁の飾りは、「少年と遊んだ」という罪で捕らえられたおかまのモリーナがした飾り付けなのでした。ブロマイドの女優には「ボクもいつかこんな女性になりたい……」という、おかまの夢が託されているようにも見えます。その殺伐とした、絶望のどん底ともいえる牢屋の中でさえ、モリーナは自分の好きなかわいらしいものを飾ってエレガントな衣を身にまとって、可憐な少女のようにふるまいます。取り調べ官をうまく騙してせしめた桃の瓶詰めやボンボンキャンディをいつも自分のそばに置いて、同じ牢で寝起きする、愛しいテロリストに食べさせているのです。映画を観ているうちに、そんなおかまのモリーナをいじらしくて賢い存在に思えて、「うんうん、そうよねー」と思わず手を取り合って恋の応援をしたくなってしまうのですが、太い首の筋が見えるとき、「あ、モリーナは女装だった」と我に返るのでした。「いじらしい」というのはモリーナに申し訳ないかもしれないけれど、モリーナの身のまわりにあるものが一見ガラクタのようにしか見えないようなちゃちでかわいらしい物であればあるほど、子猫に甘咬みされたときのような、甘くてどこかむずがゆい気持ちがわきあがってきます。

そんなわけで、私は『蜘蛛女のキス』、観た?」と誰かと話して「それって究極の純愛ホモ映画でしょ」と一刀両断に即答されるとき、よりいっそう「モリーナの壁」の話をしてしまいたくなるのです。

趣味は人間関係にも関わることであるから、ふだんの生活の中でさえ、ひとが自分の好きなものを好きだといい続けることは、そう簡単ではないと思うのですが、モリーナはひどい牢屋の中ででも、それをやっている。「あの映画の中の牢屋は、規則のゆるい牢屋かもしれないじゃん」とかいうひとは、一生規則に縛られてもらっておくとしましょう。

さて、私ごとで恐縮ですが、私もおかまのモリーナに影響を受けて、自分の実家から今にも捨てられそうになっている中学・高校時代に私の勉強部屋にあったガラクタのような物を、ひとり暮らしの自分の家に持ち帰ってみました。白い猫型貯金箱とかキタヤマレイコという人の絵のついた缶の貯金箱とか、お別れのサイン帳とか、授業中まわってきた手紙とか、うちのおばあさんが描いた謎の動物家族の絵と習字、こけし、藤竜也の切り抜き、サザンオールスターズの切り抜き、など時代おくれな物ばかりです。実家に行くたびに捨てられていないかが気掛かりで、自分の部屋にまだ残されているのを確認してはホッとするという、「犯罪者は犯行現場に必ず戻る」とか「辞めたバイト先で自分の発明したレジ打ちのやりかたをまだみんながやっていたのを見て安堵」というのにも似た、かなり幼稚な感覚なのですが、その、中学・高校時代にふつうに視界にはいっていた物品をいま見ると、その頃の記憶がぞろぞろと引き出されてくるのが面白いのです。

たとえば、「藤竜也のファンでした！」とはなぜか堂々といえても、「サザンオールスターズのファンでした」とは口に出せない雰囲気が一五年くらい前の私の友人関係には漂っていたことがありました。友達同士でその頃、流行っていた芝浦のクラブ「ゴールド」に行った帰り道、「ゴールドよりサザンのほうが好き」って私がいったら、友達の妹が「だっさーい」といったのがきっかけで……それほど〝趣味〟というものは、今や血縁関係以上に他人との結びつきの目印となっているのです。だから仕方なくときどき初期のLPレコードを出してきて、家でひとりで聴いていました。そうすると、中学時代に台風で学校が休みになった日、雨戸を閉め切った勉強部屋の中でサザンのレコードをかけて聴き、「世界で一番サザンが好きなのはこの私！」などとナルシスティックな陶酔感に満たされていた頃のことを思い出し、時間を遡ったりできるので、「やっぱりサザンは大事だ」と思ってしまうのでした。

ところで、私の恥ずかしい過去よろしく、女の人の部屋のインテリアは、その時の流行にあわせて購入した簡易家具や、彼氏の目を意識したコーディネートをしているうちに、シルクロードやインドからフランスを経由してベトナム回りの北欧まで、その様式はさまざまに変化を見せておりますが、そんな中にもどこかに必ず、「ガラクタのようになってしまっても、なぜか大事にとってある物」というのがありそうです。それは一見、狸が村娘に化けたときに、狸時代のしっぽが残ってしまっていることと同じようなものなので、人に見せるのはちょっと恥ずかしい物品かもしれないです。しかしその物品を、最近モダン家具を好きになった彼氏とかプチブルおばさんを目ざす御婦人に発見されるとき、ふと交友関係に亀裂が走るような気配がするかもしれませんが、臆することはないのです。鏡台のひきだしから出てきた褐色に変色しすぎたすずらん香水の瓶や、お土産でもらった水戸黄門の印籠を「捨てられないなあ」と思うなら、「ロモのカメラって水戸黄門の印籠を模してデザインされたんだってね」などと、もっともらしい理由を考えれば大丈夫だと思われます。工夫、工夫。

とかいって、ほんとうはプチブルでもガラクタでも、どっちだっていいのです。ひとには大好きなものを飾って、うっとりできるひとつの場所があればいいと思うからです。それはただひたすら自分だけを慰め、甘くいとけない陶酔感を思い出したりもし、他人がどう思うかを考える余地なんてまるでないことだと思います。それは実は、ナルシシズムとか自己中心的と見えてしまいかねないことですが、それをよくないことだとはいいきれない気がするのです。そういえば、竹久みちは宝石が大好きだったし、イメルダ夫人は靴を三〇〇〇足も集めたけれど、それはひよわな自分を保つための行為とも思え、よく考えたらおかまのモリーナが牢屋と似つかわしくないロマンティックな飾りをやめなかったことと、よく似たことなのではないか、と推理しています。

ところで、『蜘蛛女のキス』の後半で、テロリストが見た夢に出てきた女の人は、モリーナとは別の人でしたね。ああ、モリーナはどうなってしまうのでしょう。どんなに大事にされて尽くされたとしても、テロリストにとって、やはりおかまはおかまなのでしょうか。そんなのイヤイヤ。モリーナがテロリストの夢の中で本物の女になったのだ、と思いたい。

ナジャ偵察日記

ある金曜日の夜一一時、友達のヨーコさんと新宿のバー「ナジャ」へ行きました。『モダンジュース』の近代《こだい》ナリコさんに、宇野亜喜良さんがデザインしたロゴマークと絵のついてるコースターとマッチをもらってくるよう頼まれたからです。新宿の小さなバーへひとりで入る勇気はないですが、ナジャという言葉にピンときてくれた演劇好きのヨーコさんが一緒だから、大丈夫だもんねー。

ナジャは新宿のゴールデン街にあるのだと思っていたけれどそれは私の勘違いで、新宿三越の裏手のビル地下一階にありました。おそるおそる地下へ降りる。こんな小娘二人があのナジャでお酒を呑んだりして、ツワモノの常連客にからかわれたらどうしよう〜、なんたってナジャは一九六〇年代新宿の前衛文化の中心的存在。すなわちアバンギャルドな人が集う城。そして私の頭の中にはアバンギャルドなモードに身を包んだ男性、身を包むものがない女性、おかまの人たちがタバコの煙がもうもうと渦巻く中でお酒をあおり早口でしゃべりあう様子ばかりが思い浮かんできます。

階段をくだりきり、通路を歩いたその奥に、「NADJA」という看板を打ち付けた銅製の西洋鎧のようなドアがある！　がーん！　中の様子が全く見えないじゃないですか！　ヨーコさん、カード会社のシールがべたべたと貼ってあるのがかろうじて現実への手掛かり。ドア開けてくださいよ、ヤーよハルミンさんが先に行ってよ、と店に入るのを譲り合った。さあ、勇気を振りしぼって……。

どうして行ったことないナジャにこんなにも怖じけづいているかというと、それは一九六〇年代から七〇年代の新宿のイメージを、私は子供の頃に観たテレビの刑事ドラマから受けとっているからだと思います。その頃の刑事ドラマに登場する新宿のバーというのは、サイケデリックなボディペイントをほどこした女体が台の上でお祭り騒ぎをする地下っぽい空間で、その場はおおかた「享楽的な悪の温床」という役を与えられていました。ましてや子供の私はボディペインティングがもともと「前衛芸術」から生まれたものだなんて由来を知るわけがないので、ただただいかれた若者の集う場所にしか見えていませんでした。そんなふうに、テレビに映った「切り取られ、誇張された極彩色の新宿」が、いつまでも私の頭にこびりついて当時の新宿のイメージを荒んだものにしていたのです。しかしそれがあまりにも大雑把なイメージだったということが、私はあとになってわかりました。

緊張しながらカウンターの席に座って私はビール、ヨーコさんは黒ビールを注文。頼んだものがくるまで店内を見回す。二〇人ちょっとは座れるくらいの席があります。勤め人の格好をした三、四人の男の人たちが二組、静かに話して呑んでいる。「最近イタリアの料理に凝っていまして」と、比較的若めの人が食通話を披露し、他の人はうなずいている。カウンターじゃない奥のテーブル席の六人連れは男女混合。長い黒髪をまんなか分けにした声の大きい女の人が議論を始めて、「おお、カッコイイなあ」って感じになりましたが、そのあとみんなであっさり帰っていきました。

だんだん気持に余裕ができてきたので、カウンターの中の男の人に「このお店の内装は宇野亜喜良さんがデザインされたのですか?」と質問してみました。「内装は宇野さんはしないよ。宇野さんは絵を描く人だから」と、きっぱり答えられ、私の質問は的を外した模様。その男の人は金子國義が描く男の子のような顔だちをされていて、睫毛が長くて濃くて、美しい男の人。コップの中のビールが半分くらいになると、ほっそりした手でさりげなく瓶を注いでくれてさりげなく離れていきます。なんて洗練されたオトナのふるまい! 室内の雰囲気も非常に落ち着いて居心地がいいし、勝手に想像していた荒んだ空気がこれっぽっちもないので私は気分が明るくなってきてどんどん呑みすすめます。

「これを見てここに来ました」と、雑誌のコピーを見てもらったりする。「ああ、『スタジオボイス』ね。取材されたの憶えています」その記事に載っていた店長のよしおさんのことは「彼はもうここにはいないの。お店はやめて今はバンコクにいる。ナジャは六五年に新宿二丁目で始めて、八五年に新宿（現在のナジャ）に引っ越してきたの」と教えてくれました。今はこのかたがナジャを引き継がれているそう。壁に飾ってあるパノラマ写真のことを聞くと「あれは篠山（紀信）さんが二丁目の最後の日にシノラマで撮ってくれたんです」おーおー。店内を落ち着いて眺めると灘本唯人さんの絵や四谷シモンさんの個展のポスターも飾ってある。嵐山光三郎さんの小説の舞台にもなったり、店長さんご自身も唐十郎率いる劇団「状況劇場」（紅テント）で音楽の仕事に従事されていたそうで、確かにここは芸術家の人たちが集まって呑んだくれていた場所なんだなあという気がしてきます。それが、過去の栄光になってしまわずに、今も居心地のいいバーのままで続いているのがすごいと思います。ナジャに出入りする文豪や芸術家たちのご本を眺めていると、このかたたちも渾沌とした時代をくぐり抜けて今にいたっているのねーなんて、エラそうに思ったりもしました。

なんとなくそんなことを見たり聞いたりしているうちに、私は「ナジャってスタイリッシュ！　アカシヤの雨にうたれてこのまま死んでしまいたいと思いつつもスタイリッシュとでもいうか死ぬこと以外にすることがいっぱいありそう！」という、とても前向きな気持ちが込み上げてきました。今まで私の頭の中の新宿にあった、「前衛」の名のもとに過激なことならなんでもあり&廃人同様になって都会の藻くずとなって消え去る（に憧れた）場所ではなかったのですね。そういう前衛やカウンターカルチャー志向の若者が集う場所が六〇年から七〇年代の新宿には多く存在しましたが、ナジャはその前衛渦巻の中でナジャのスタイリッシュさを持ち続けていたのでしょう。そんなこととはつゆ知らず、テレビの刑事ドラマで知った新宿がすべてだと思い込んでいた私はなんて不粋なのかしら。

ヨーコさんは「紅テント」というのを聞いて、「紅テントも大きな劇場で公演するようになりましたよねえ」と相づちをうちました。そのとたんに件の絵に似た男性が「大きな小屋でなんてしないよ。紅テントはずっとテントよ」といい、眼がキラリと鋭くなったときは、ひゃー！　やってしまいましたか！　と思いましたが、ヨーコさんはすぐにいい直して大事にはいたりませんでした。けど、その時の辛辣な表情は、よりいっそう金子國義の絵の男の子に似ていると思いました。

○ナジャを出てから聞いた、ヨーコさんの気持ち＝とても居心地がよかった。お店の人が美しかった。紅テントのときはヤバいと思った。聞き流さないところがさすがナジャの人だと思った。

○私の気持ち＝お店の人が美しかった。今日はおどおどしたが、次は堂々とできると思う。でもナジャへ女ひとりで呑みに行くには私はたよりない。宇野亜喜良さんに連れていってもらえたらどんなにいいだろう。あーあ、一緒に呑んでちゃらちゃらしたいなあ！

女と稽古事のふしぎ

もし私が原始人で、どこの穴ぐらに住む原始人よりも大きい肉を獲ってくる男子原始人の奥様になりたいとしたら、私はその男子原始人に好かれるために何をお稽古すればよいのでしょう。そんな妄想が荒れ野を駆け巡ったのですが、いいアイデアが何も思いつかなかった浅生ハルミンです。みなさんこんにちは。

どなたにも記憶がおありだと思いますが、お稽古ごとというものは、男子であれ女子であれ、たとえば幼児の頃に親の希望にそって始めたり、途中でくじける人、大人になっても続ける人、それを職業にまでする人など、たどる道すじはさまざまで、男女の区別なくわりと機会均等なものだと私はのんきに思っているのですが、ここで特に「女の人生とお稽古ごとの関係」にしぼって考えるとき、やはり女の人にとっての一大事のひとつである「いいお嫁さんになること」とのかかわりを忘れることはできません。

しかし、「女の人にとってお稽古ごととは?」を空の高いところから地表を鳥瞰《ちょうかん》するようにいいあてることは、私にできるはずもないことです。これをきっかけに、自分の周りにあることを思い出して、勝手に考えてみたいと思います。それでは、昭和四〇年代生まれの私が思う、女子の人生とお稽古ごとの流れをごらんください。

誕生

……乳児水泳教室などに通ったりしても本人の意識はない

幼稚園・小学校低学年　第一次隆盛期

……ピアノ、エレクトーン、バレエ、日本舞踊、バイオリン、マンドリンｅｔｃ…をほぼ親の意向で始める

本人としては『りぼん』の裏表紙で見たペーパークラフト、日ペンの美子ちゃん、フェイマーズスクールなどをやってみたいと憧れるが、親に受け入れられず諦めの境地

小学校高学年

……初潮

……受験勉強やクラブ活動に移行

……本気の人は海外のバレエ団などへ飛ぶ

中学・高校・大学

……大都会在住の女子には劇団、タレント養成所という選択肢も

ＯＬ時代　第二次隆盛期

……花嫁修業派、終業時間後に命をかける派、新しい自分発見派に枝わかれ。お稽古ごとが最も活発な時期

花嫁期

……実務中心なのでお稽古ごとはしない

有閑マダム期　第三次隆盛期

……お稽古ごとにもステイタスが加わる時期。それゆえ他の奥様とつるんで習う。旦那様の転勤が多い場合、友達作りのためにほうぼうの〝お教室〟へ通う。あまり続かなくても「経験」は得られる。子供の手が離れる、旦那様の死、などを節目に、何かを始める有閑マダムも

……閉経

老女期

……何歳になっても学ぶ意欲を失わない素晴らしい老人を目指す

死

時代はさかのぼって近代以前、式亭三馬の『浮世風呂』によると、江戸の町娘のお稽古ごとは「よいところへ嫁ぐため」の手段であったとはっきり位置づけされていたそうです。

町娘は家の手伝いと勉強の合間をぬって琴や三味線を習うことに励んでいたのですが、なぜ時間のやりくりをしてまでお稽古するのかというと、厳しいしつけや教養教育を受けるために武家屋敷へ奉公にあがって、女らしさのレベルをアップし、よりよい家へ嫁入りするというのが、その頃の女の人が目指す花道だったそう。その武家屋敷に受け入れられるためには、踊りや琴や三味線が上手なほうが有利だったということなのです。

このことがもし江戸の世の中で表立ったふつうのことだったとしたら、私は町娘のことを単刀直入でいいなあと思います。いまは「私が草木染めを習うのはいいお嫁さんになるためよ」なんてわざわざいう人は滅多にいません。それは、現代の女の人にとって何か習って身につけるということが、もともとの目的であった「花嫁修業」の意味が透明になって、周囲との差異を計る女社会のモノサシになってしまうからかもしれません。その差異もほんとうは「いいところへ嫁にいく」ための生存競争から始まっているということに、多くの女の人自身、謙遜したり、自覚がなさそうなのもつくづくふしぎ……。そのふしぎは中学三年の頃、「テスト勉強ぜんぜんしてないの〜」とのたまいつつも、眼の下に徹夜の隈をくっきりと作っていた同級生のまゆみちゃん（あだなは馬糞〝ばふん〟）を思い出させ、女子グループの勢力争いの渦にふたたび私を連れもどすのです。まゆみちゃんのいうことを信じ、社交辞令なんて女子中学生社会には存在しないと思っていた私はちょっと幼すぎたのでしょうか……。

ところで私は子供の頃、ある日突然母から「今度の土曜日からピアノ行くのよ」といわれたのをきっかけに、おっかなびっくり通っていました。どうして母が「娘にピアノを」と決めたのか、その理由はいまだにわかりません。しかも母が盛り上がっていたのは家にピアノが来た時まで。浅生家史上初のアップライト・ピアノが華々しく導入されてきて応接間に納まると、楽器というより大きな家具調度品のように見えました。ピアノにはなぜかカバーがおまけでついていて、夏はレース、冬はムートンのをピアノのてっぺんに敷くらしかった。そこへ母がメトロノームとこけしと姫だるまを並べたら、ますます楽器からは遠のき、飾り棚と化すのでした。

その当時（昭和四〇年代の終わり頃）、ピアノと一緒に応接間に置いてあったものといえば、革張りの応接セット、大理石模様のローテーブル、王朝風のシャンデリア、背に金の箔押しがある百科事典、『吉川英治全集』（家族の誰が読んでいたのでしょう）などがありましたが、あのゴージャスな様式って一体なんだったのでしょう。シャンデリアなんて見た目は金持ち風ですが、うちでは「電気代がもったいない」からと、いつも電球がひとつしか光ってなかった記憶が……。ぜんぶ光らせたかった……。その部屋には暖房もなく、寒さで指がかじかんでピアノの練習なんてとても……。とにかく、百科事典もシャンデリアもピアノも、私の家の暮らしの中では実用とはまったく無縁の、とってつけたような飾り物でした。だけどそれはその時代の住宅に、わりとふつうにはびこっていた様式という気がするんですけれども。

私はピアノ通いにちっとも楽しさを見いだせず、六年間通った時点で、「はっ！　私はなぜピアノを習っているのだろう」とそのふしぎさに気づき、われにかえり、やめてしまいました。ピアノは母の憧れだったのかなあとも思いますが、私が習いたかったものはもっと身近にあったのだと、最近になって気がつきました。

それは「かんのむしとり」というまじないです。

「かんのむし」は、癇癪もちの乳幼児の体内に潜伏していて、それを「とる」と癇癪が治まるといい伝えられています。母方の祖母・サカエさんはその技をもつ人で、日曜日の午前中は赤ん坊を抱いた人が玄関に並んでいるのを私はたまに見ることがありました。

サカエさんは私の手をアルマイトの洗面器に張った水に浸して洗い、次に石けんを泡立ててよく擦《す》る、もういちど水でゆすいでタオルで拭《ふ》く。そのあと図形なのか文字なのかわからない黒い印が真ん中にぽつんとある日本手ぬぐいで私の手をくるみ、念仏を唱えるのです。その手ぬぐいは母の記憶によると桐の箱に二枚入っていてもう一枚には赤い印があったらしいのですが、家族は「かんのむしとり」を非日常的なものだと思っていなかったためにサカエさんが死んでしまった今では道具の在り処を憶えている人もいず、家も壊したし、確かめることができません。

「むし」というのは何かの例えだと宇津救命丸のコマーシャルをみて思っていましたが、私が中学二年の夏休みにとってもらったそのモノは、なんというか、生きている虫とか植物とか菌糸のようなものでした。手だけでなく、肘やひざ小僧からも白く、毛糸をほぐしきっていちばん最後に残る極細の繊維に似たものが、一本一本にょきにょきと生えてくるさまは、朝顔のつるが伸びる理科のスロー映像みたいで生命の神秘だと思った。平均二、三センチメートルほどだけれど、長いのも短いのもあって、さっき手を拭いたタオルの毛が残っていたんだろうと疑う気持ちにはなりませんでした。

こんなびっくりするようなことでも、目の前にあるとわりとふつうに思えてしまうもの。だから当時は深く追究していなかったのですが、このたび母に詳しくきいてみました。それによると、

○「かんのむしとり」の技を他の人に教えるときは、たったひとりにしか教えられない

○教えたら、もうその人から技が消える
○「かんのむしとり」でお金儲けをしてはいけない
○手ぬぐいは洗濯すると効き目がなくなるから絶対に洗わない
○サカエさんは信心深い人だったが祈祷師《きとうし》とか拝み屋ではない

ということでした。

誰もサカエさんからやりかたを習っておかなかったから、もう「むし」を見ることができない。残念です。母も同じように「教えてもらっとけばよかった」と悔しがっていました。それが身近であるがゆえ、特別なことだと気づかないのはしょうがないことだなあと思います。しかしよくしたもので、大事なことにあとから気がつく迂闊な習性は、母から私にしっかりと引き継がれている模様です。生い立ちからは逃げられないのです。

とはいえ、もし私がこのような術を身につけることができたとしても、決していいところへ嫁に行くための後ろだてにはならないし、かえって男の人には退かれる気もします。ですが、この世のものとは思われないぶん、私は自由を得られるかもしれません。現実には、私には術もないので、これからもささやかに生きていきます。

恋人の卵かけごはん

ある午後、軽い食事もできる喫茶店でひとりランチをする。いったいどういうあいだがらなのだろうか、ばっちりお化粧をした今風の、張り切った身体をした二〇歳くらいの女の人と、五〇がらみで貧相な体格のおじさんが、さしむかいで、タラコクリームのタリアッテッレを食べている。ふたりは飲み物までまるきり同じものを頼んでいる。ここは東京の原宿。ファッションモデルと付き人かなんかかな、と思ったら、女の人がバッグからファイルを取り出して「モデルにとって一番大切な事とは何かを見極めること。深酒などはしないようにしましょうだって！　あはは！　無理かも！」と大きな声で読み始めたので、やはりそうだったと私は納得した。

おじさんは食が細いらしく、タラコクリームのタリアッテッレを食べ残してぐったり青ざめている。すると、女の人がことともあろうにおじさんの皿に手を伸ばし、「これ、食べていい？」といってクリームのこびり付いた皿を引き寄せた。女の人はおじさんの残した麺をすすっている。おじさんは眩《まぶ》しそうに彼女を見ている。このふたり、恋愛しているのかも。

私は思った。今、ふたりの体内は同じ内容になっている。ふたりで同じものを食べる時間というのは、胃の中に同じものを収め合う時間なのだ。と思う間にも女の人の体内ではおじさんのタリアッテッレが消化されており、そののち栄養となってからだ中を巡り、これからふたりで喋ったり、駅まで歩いたりするエネルギーとして使われるだろう。それにしても自分の食べ残したものを相手に食べさせるということには、どうもうしろめたい暗黒の歓びが隠れているような気がしてしまうのですが、おじさんはそのあたりどう思っているのでしょうか。美しい女の人のからだ中に、自分の残したタラコクリームのタリアッテッレがどんどんどんどん入っていくことを……。

私は恋人の残した卵かけごはんを食べられない。食べ残しというのはまだいいし、どろりとした食べ物もむしろ好きな部類です。しかしいくら恋人でも卵かけごはんはちょっと無理。口からいったんもどしたみたいな食べ物だからだろうか。それができないというのは、私が相手のうしろめたさを引き受けていないということかもしれないなあ、と、うつむいて店を出る。


遣《や》るかたない気分になった時は食べ物の写真が大きく載っている本を眺めると気が安ま

る。だけど食べ物の本を選ぶのは難しい。うっかり中国宮廷料理の本など見てしまうと、子豚の丸焼きの鼻の穴にプチトマトが詰めてあったりして、食べることって罪深いわよね……と、そのあとなかなか食欲がわかない。ぱっと開いた時に「わあ、おいしそう」と思えて、読後にちょっとお腹が空いたな、何か食べたいな、といい気持ちになるお料理の本がないかなあ、と探したところ農文協から出ている、『聞き書　ふるさとの家庭料理　6　だんご　ちまき』（二〇〇三年）があったのだ。

この〝聞き書シリーズ〟は大正末から昭和初期に家庭の台所を担っていた主婦＝今はおばあさんになっている方々から聞き書きした郷土料理の手順と、こしらえた料理の写真からなっている。料理写真には家の人がふだん使っている鉢やザルがそのまま写っているし、分量や手順なんかも詳しくは書かれていない。これに倣ってもみんなが同じ味に作れるかどうかはわからない。とはいえ、誰もが料理の本そっくりに、はたまた器や飾り付けまで寸分違わぬものにすることがそう難しくはない、という状況はとても〝今っぽい〟ことなのではないだろうか。

この本をながめていると、私はとてもおおらかな気持ちになる。以下に引用します。

〔東京都日野市平山〕

ひきあいだんご　材料（米粉／醤油、砂糖／よもぎ）

不作の年にはくず米が多く出る。くず米は粉にひくと、色が黒くざらついている。これを熱湯でこねてから蒸す。蒸しあがったら木鉢でよくこね、だんごに丸めて醤油をつけて食べる。砂糖をつけることもある。

冷えたものは、いろり端の鉄きゅう（鉄製の足つきの焼き台）の上で焼き、やわらかくして食べる。ごはんの補いになる。

春はよもぎを加えて、緑色の香りのよい花ぐさだんごにして食べる。花くさだんごは、節句のときなどは上米の粉でつくる。

グラム数などが書かれていないぶん想像力が働くからか、その団子の歯ざわりや醤油の香りを思い浮かべて私は満たされる。季節の中で米や豆ができるサイクルの中に人もいて、収穫し料理する愉しみがこれほどまで感じられる食べ物についての文章はありそうでない気がする。よもぎを加えるのはそこによもぎが生えていて、これをどうにかできるかな、と考えるからだ。節句や祀りには普段と区別していい米でつくるということからは、人が人以外のものと寄り添っていることが感じられる。お金を持っている地域と持っていない地域の材料は異なるということまで読むうちにわかってきたりするのだけれど、そこで感じるおおらかな諦念のようなものは一体なんなのでしょう。

〔北海道上川郡清水町北熊牛〕

糖蜜入りそばだんご　材料（そば粉／小麦粉／糖蜜）

村にビート工場（ビートを原料とする製糖工場）ができたから、ビートの糖蜜を分けてもらってきて、これにそば粉とつなぎの小麦粉を入れてかき混ぜ、だんごにして蒸したものである。たくさんつくっておき、圧鍋で焼くこともあるが、このときはだんごを少しへこませておく。焦げ目のついたビートの甘みは、さらっとしていて、相性がよく、うまい。煮もの用の鍋がのっていないストーブの上を使って、厚鍋をのせる。子どもたちにも手伝ってもらうが、女の子はうまくつくる。

自分の住んでいる村に工場ができることも、そば粉が手に入ることも全くおんなじ〝自然〟のなりゆきで、それを肯定も否定もしないおおらかさ。おばあさんは土地のものを食べることを〝自然の中で採れたものは地球に優しいから〟なんていったりしないのだと思う。その場所にあるものを食べて、栄養にして、その栄養を使って働きまた食べるという営みに余計な意味を飾りつけていないから、食べるということが際立つ。それでもって、この本を見ながら作ったものは本当においしいのだ。

私は東京のマンションに暮している。東京の特産物は人間です。だから、自給自足なんてことはなく、私ができることといったら、人が遠くから運んで来た食材を買ったり、もう料理してあるものを食べること。今の私の食生活はそうした土地の特徴をそのまま受け入れているあらわれなのだ、といってみたい。そのおおらかさをもってすれば、恋人の残した卵かけごはんも食べる気になれるだろうか……。なんて思いつつ筆を置きます。

美学校のおもいで

私が「美学校」に入学したきっかけは、赤瀬川原平さんの『超芸術トマソン』を読んでのことでした。

「トマソン」が面白すぎて、どうしても私も「トマソン」を習いたくなってその勢いだけで東京の神保町にある美学校の「考現学教室」に行くと勝手に決め、就職活動も放棄して、「考現学というのはとてもためになる学問なのです」とかいってやっと家族を説得するのに成功した後、その当時地元で有名だった霊感占い喫茶「セブンティーン」へ友人に付き添って行くことになったので、私も一緒に運勢をみてもらいました。

「あなたはその学校で何を習うの?」

「考現学です。」

「コウゲンガク?」

「入口が無いのに階段だけがあるとか、空地に銭湯の煙突だけが建ってるのとか、要するに無意味な建造物のことです。トマソンというものですけど」

「…………………。自分のやりたい事をちゃんと伝えられないようでは、何をやってもむだです。東京に行くのはやめなさい」

と逆指導されてしまい、トマソンぐらい霊感で見抜けないのかしらと頭に血を昇らせて家に帰ったら、ちょうど美学校から入学手続きが届いていて、中を開けると「今期をもちまして考現学教室は終了することになりました」と書いてありました。

「諸行無常だねぇ」と友人は遠い目をしました。そして私はまたしてもその場の勢いで「写真工房」を選んでめでたく入学し、そして一〇ヶ月通ってやめました。動機が不純だから長続きするわけがないのです。

そんなやるせない美学校生活でしたが、たった一〇ヶ月の間にも人生の選択を決断する出来事がありました。それは「トイレで音消しの水を流さないでおしっこする女の人」に出会ったことです。みなさん、もう読みたくないですか。でもね、女子にとっては重要な問題なのよ（学級委員の口調。やな感じ）。

夜になって授業が終わる時間が近づくと、美学校の教室には卒業生や他の工房の先生がぱらぱらと集まってきて巨大なベニヤ板でできた台を囲み、焼酎を湯のみ茶碗に注いで呑んでいたりします。その中に、白と深い赤と灰色の波の模様のついた粋な黒い着物の四〇代半ばくらいの女の人がいました。チャキチャキした話し方をする人だ。その和服の女の人が「あー参った参った、わはははは」とかいいながらトイレに入ったのですが、音量にすると二〇〇〇ホーンぐらいでしょうか、ほんもののおしっこをする音が聞こえてきました。赤裸々です。

そもそも私が中学生時代、「ザ・ベストテン」でふとがね金太が「俺が女らしいと思う女性のタイプは、トイレで音消しの水を流す人」という発言をして以来、次の日から学校の女子トイレはみんながやたらと水を流すようになり、私も「自分だけ音をたてたら恥ずかしい」と思って、それからの人生ではずっと音消しを実施する派だったんですけど、ふとがね金太の恋人になりたいなんて思わないし、音消しの水よりもおしっこのほうが長かった場合は、最後のほうのおしっこの音がより際立って聞こえる気がしてそのほうが恥ずかしいですよ、などとその当時の本音を思いかえしているうちに和服の女の人はトイレから出てきて裾をささっとさばいてきちんとして教室の椅子に腰掛けてまた焼酎を呑んだ。

それからの私は、トイレの音消しをしないようになり、すなわちふとがね金太以前の自分に戻ったわけですが、そのことによって女の幸せが少し遠くに行ってしまうでしょう、というようなことを美学校で学びました。

「おかんアート」のように

ノストラダムスが一九九九年七の月に世界が滅びると予言した、とテレビ番組「水曜スペシャル」で放送された次の日の学級は、同級生たちの話題がそのこと一色になっていましたが、その内容というのは天から大王が降りて来て、地球上のすべての人類は阿鼻叫喚の中で苦しみもがき、一網打尽にされてしまうけれども、神様によって選ばれた数人だけは生き残って、のちの世界を救世するだろう。しかもその中の誰かはすでにアジアの国のどこかに生まれている。というものでした。アジアですって？　だけど十中八九それは私のことじゃない。私の身体のどこを撫でまわしてみても神様から選ばれた赤い印は見つからないわ。私は絶対に死ぬ部類の人間に入っているに違いないのよ。だけど一九九九年といったら私は三二歳でもうおばさん（あっ、すみません。その当時小学校三年だったので、三二歳はもう立派なおばさんだと思っていた）だから、もうじゅうぶんです。全員死ぬのなら全員生きてるのと一緒だから、ま、いいか！　という意味不明の小三の理解力でなんとか身を持ちこたえておりましたが、心のどこかで一九九九年七の月までのサバイバル・

カウントダウンが始まったのはきっと私だけでは無いはずです。誰もいないと思っていてもどこかでどこかでエンジェルが見ているように、空の上から神様が高校球児のスカウトマンのように「この子を引き抜こう」と私を選んでくれますように……、と選ばれた者になりたい気持ちが心のどこかで芽生えたのです。

何がいいたいのかというと、その他大勢の中に埋没することを恐れるがあまり、自分は他の人とは違ういっぷう変わった人間になろうとする風潮が蔓延したのはノストラダムスの影響だ、と私は思っているのです。

他の人とは違った自分になるための手だてとして、消費物や情報の取捨選択、発言、振舞いなど自分なりの決めごとを無意識に人とは違うほうを選び続けたノストラダムスの申し子は、それゆえ自ら少数派の道を突き進んでゆくのでありました。

たとえばそれが女だった場合、みなさん、早く気がついたほうがいいですよ。私自身、とても大きなことはいえないのですが、まず立ちはだかる結婚問題とそれにまつわる女同士の無意識に作られる階級意識。めでたく結婚をして主婦や母になれば、女の横の繋《つな》がりが独身時よりもっと必要になるであろうことを考えると、狭苦しくて脆弱《ぜいじゃく》な「私だけの世界」を抱えたまま生きてゆくのはことのほか困難なのです。少数派＝ヘンな女でいつづけることは茨の道だわ……、と独身者である私はたいそう悲壮な気持ちに襲われたりもします。結局天の大王の決済が下らなかった二〇〇五年のいま、「降りて来なかったじゃないか、責任とれ！」と息巻いたってそれは天に向かって唾を吐きかけるようなもの。だからヘンな女は頭を使って、生きづらい世の中の抜け道を探していかねばならぬのだ、とすこし自虐的に思ったりする。

とはいえ、そんなうまい抜け道が世の中に存在するのでしょうか……ありますあります、あなたの実家のお茶の間に！　それは「おかんアート」なるものの存在です。「おかんアート」は狭苦しい「私だけの世界」に無理矢理にでも風穴をあけてくれるうえ、「おかんアート」を眺めるたびに「私にもまだその手があったわ」とほっと一息つける存在だと思うのです。

わたくしごとで恐縮ですが、実家を離れて東京に住みはじめてはや一九年、幾度か引っ越ししていても、どうしても捨てることができずに生き残っているものがあります。それは私の部屋のインテリアをパリっぽくも北欧っぽくもインド風でもなく、三重の実家風、すなわち「実家化」しようとして数年前に収集した「おかんアート」の数々です。私の記憶ではその頃はまだ「おかんアート」という分野名はこの世に存在しておらず、私は「奥様手芸」と呼んでいました。

ところで、なぜ自分の部屋に「実家化」を試みたのかというと、女ひとり暮らしの自分まみれの世界に辟易《へきえき》し、自分以外の、うむを言わさぬ他者の力と日常生活のなりゆきによって形成されたこまごまとした物の吹きだまりのような部屋、すなわち私の実家のような部屋にしたかったからです。

実家で家族と暮らしていた頃はあれだけいやだった実家インテリアだったのに……。

ひとり暮らしの部屋を見回してみる。自分のおめがねに叶った趣味の物だけで部屋が飾られている。スリッパも炊飯器も無い。嫌いだから。だけど自分以外の人の意思がまったく介入していない私だけの部屋はおそろしく虚しい。それに比べて実家は、何が積んであるのかをもはや家族全員誰もしらない混沌とした暗い納戸や、一生かかっても使いきれない分量のタオルやら石けんやらの詰め込まれた押し入れ……そうした豊饒といってしまいたくなるような環境から私は、ひとりの力ではどうにも制御できない〝自然の驚異〟に似た圧倒的な力を感じるのです。ながくひとり暮らしをしていて、自分の好きなものだけに囲まれて暮らしていることが、たいへん狭量で虚しく思うだなんてわがままもいいとこだと思うのですが、そういうわけで私は「ひとり暮らしをしていながらも実家にいるような雰囲気作り」を部屋に試みようとし、それを「実家化」と呼んでいました。

その中で、ひとり暮らしの部屋に〝自然の驚異によって起きた事故〟を演出するのに欠かすことができない象徴的な物が「おかんアート」なのでした。まったくおしゃれでも素敵でもないけれど、愛らしいがゆえに茶箪笥の上でほこりを被っていても捨てるにしのびない「おかん」の手づくりの品。バザーや地方の土産物屋で買い求めたり、友人知人の母親の手づくり品を譲ってもらっては自室に飾り、もはやインテリアに収拾がつかなくなってしまった部屋で私は満足でした。それだって自分の好みの範疇で選んだ物に変わりはないのですが。自分で自分のことを説明するのは嫌なものだけど、「おかんアート」はそのような〝退行〟のしるしでもありました。

そうして当時、「奥様手芸」と呼んでいたものが「おかんアート」と呼ばれるようになったいま、また別の側面をみつけました。それは、〝酸いも甘いも噛み分けた女の知恵〟としての「おかんアート」です。

前置きが長くなってしまいましたが、ここに私の周りにあった「おかんアート」のあらましを挙げておきたいと思います（私は昭和四〇年代生まれ）。

「おかんアート」とは……

素材　石けん、洗濯ばさみ、タオル、広告チラシ、軍手、アクリルの毛糸、ハンガー、ペットボトルなど、人様からもらって押し入れの戸袋などにしまい込んである余剰品を使用。または生活用品のリサイクル。キューピー人形、アンダリア糸などわざわざ手芸店で購入するものもある。

モチーフ　動物、ピエロ、かご、城、ひょうたん、小槌《こづち》などなど。

特色　かわいらしい、量産型、何かの役に立つふう、敷く、被せる、着せる、はぎ合わせる、モチーフの動物が間違っている（犀なのにしましま、など）。奥様界内でのブームがある。

どういう時につくるか　時間の余裕があるときに制作。忙しい時にはしない。「主婦の友」をはじめとした雑誌付録の手芸本を見て、気に入ったものをかたっぱしから作る。なにかつくりたいと思ったら、身近の材料を使ってなにか手を動かす。毛糸は出産祝いで使い切れないほどもらったものが押し入れにある。

手づくり界のカリスマ的人物　飯田深雪、熊井明子、河原フミコさんといった巨匠がつくりあげたファンシーでエレガントな作風が、当時現役だった「おかん」たちに拡まり、素材の代用、アレンジが加わりながらその世界の持つ趣味嗜好の記憶がいまも脈々と息づいている。

現在、大規模な手芸フェアでの動員は五〇代、六〇代の家庭婦人の占める割合が多く、もっとも賑わうのは押し花のブース。

これらが現在流行中の若奥様の手づくりブームと圧倒的に違うところは、「おかんアート」はしっかりとした技術力に裏打ちされている、という点。どうしてこの色合わせ？なぜここに動物の顔が？　というものの、裏側をめくってみると、とてつもなく整ったミシンの縫い目で布地が抑えられていたりして、そのセンスと技術のギャップに驚いて、「こんな技があるのにもったいない……」と見る者を脱力へと誘います。

それに対して、若奥様の手づくり品は色彩を抑えた渋いものだったり、森や海で拾った素材を手を加えずシンプルに配置するといった趣向に移りつつあるように思うのですが、それがどういうことかというと、「おかん」の世界にある「装飾は過剰なくらいがちょうどよい」というサービス精神を極力抑えることによって、その素材を選びだした奥様自身のセンスのみを浮き彫りにすることが重要視されているからなのでは？　と私は思ってしまう。

何かをつくる手段として指先を駆使する「おかん」と、センスが勝負の「若奥様」のこの違い。いまも昔も趣味は流行に左右されることは変わりがないというものの、「おかん」の作り出すものの中には、家族に対する「よかれと思って……」という慈愛のようなものが含まれているように思えます。家族側は自分の趣味とはかけ離れたちょっと迷惑な物だけど、親しみを込めてしょうがないなあと心を許してしまうゆえ、知らず知らずのうちに「おかんアート」が部屋のありとあらゆる台に飾られてゆくのでした。こうなればもう誰も暴走を阻止することはできません。

もうひとつ、「おかんアート」がもたらす自然の驚異は、手づくり品から放射される「自分の母親の中の少女的なかわいらしさ」に気づかされること。「え、俺のかあちゃ

んこんなかわいい趣味だったんだ」と衝撃を受ける息子さんもさぞ多かろうことをお察しいたします。されど母親がことのほか少女趣味だったということが「おかんアート」によってつまびらかにされるのは、しかたのないことです。だって、おかんがまだおかんでなかった頃から見てきたものと手の習いが、月日の流れを経てもなお、指先から自動筆記のように紡ぎ出されているのだから。

以上のように、「おかんアート」は、とても慈愛と善意と配慮と厄介に満ちた品。その厄介さというのが、先に記した、酸いも甘いも噛み分けた者だけが知りえる、一枚上手の女らしい（身体的な性別ではなく）処世術のひとつだと思っているのです。私が思いますに、貧乏くさい手づくり品なんて〝恥ずかしくておもてに出せない〟、というのが伝統的な〝男っぽい〟考え方であろうと思うのですが、そういう伝統的な考えという困難を、絶望したり諦めたりしてくぐり抜けたときはじめて「おかんアート」のもつ屈託のなさを〝女らしい知恵〟だと感じられるようになるのではないか、と思っています。

そんなふうに思うのは、私自身、これまで自分で何か物をつくることが日常的な環境にあった美大系だからかもしれません。ひとり暮らしの私の家には、思いついたらいつでも作業できるように糸ノコやペンチ各種、金槌《かなづち》もあったしニスや針金の種類にはこだわりがあったりもしました。そういった工具があるのがあたりまえだったし、アトリエのロッカーに塗装用のmy防塵マスクが格納されていることを「かっこいい……」と思ったりもしていました。スリッパも炊飯器もないのに工具だけはしっかりある女の部屋。これまで運良く、似たもの同士の中でぬくぬくと、恥ずかしいくらいにそのまんま生きて来られたということもあって、工具類を持っていない女の子のことを「なんか物足りないやつめ」とすら思っていた阿呆な私。そのことをしまった！　と感じているいま「何かつくることが日常的」という一点において近しいものを感じる「おかんアート」の屈託のなき存在に勇気づけられるのです。

少数派が生きてゆくには、たとえばすこし鈍感になったり、平気で間違ったり、失敗したり、手間取ったり、高速道路を超低速で走ったりする勇気ある行動をさらりと明るくやってしまう、といった種類の〝屈託のなさ〟を身につけること。……すなわち自ら「おかんアート」のように屈託なくはびこって、居間の座布団を吹き飛ばすくらいの失敗は大丈夫、というのが私の思う、少数派でありながら〝女らしく〟生き抜く気持ちのありようです。

「おかんアート」は実家に帰れば自分の生い立ちをいやがおうにも見せつけられ、また単純に見る者の脱力感も誘うおそるべき危険物です。けれど危険であるがゆえ、抜け道にもなるはずだと思うのです。そうした意にそぐわない素敵じゃないものなのに、なぜだか手放すことができないのは、熱心に、夢中で作っている「おかん」の姿があるからだ、と思います。そうした物たちが持ち味を活かして生き延びている雑多な空間は、とても豊かな空間なのです。

こう書いてきましたが、私が「おかんアーティスト」になれるのかといえば、すでに絵を描いたり何かつくったりすることが手練となっているのでそれはもう無理なお話。はあ、この世の中息苦しくて住みにくいわあ、と思ったときはポケットにしのばせた「おかんアート」をぎゅっと握りしめて、誇り高く生きてゆきます。

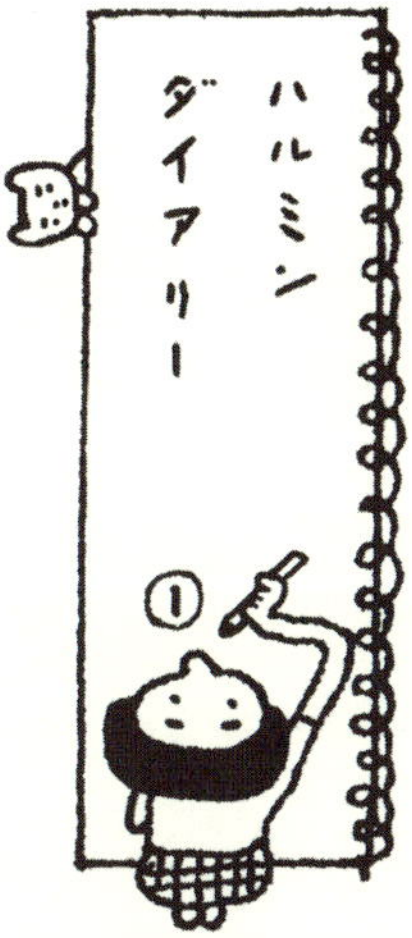

【1月4日　名古屋にて】

お正月三ヶ日、三重の実家であわただしく過ごしました。4日は名古屋の友人・ピポちゃんと会う。名古屋有数の大型ブックオフのある熱田へ行きました。体育館くらいの広さがあります。ピポちゃんがポケットサイズの古い手芸の本を2冊も見つけてくれました。このての本、東京近辺のブックオフではいままで見たことがなかったです。ありがとう。黄色いしゃりしゃり音のする袋を3袋ぶら下げてピポちゃん宅へお邪魔する。ピポちゃんは買ったばかりのエアーベッドを膨らませてくれて（あっという間に膨らむのです）、私はそこでぐっすり眠りました。

次の日は大須へ。アーケード商店街が縦横無尽にあって、いくら歩いても歩き足りない界隈です。昔からの喫茶店がそこここにあって、普段着のおじさんたちがおしゃべりしながらお茶していま す。喫茶店におけるおじさんの占有率調査表というのがあったら、名古屋はかなり上位なのではないでしょうか。観音さんへお参りしてから、近くの古本屋をのぞく。怒られるかなーと思いつつも未整理本の山から小島信夫の本を一冊。値段をおうかがいすると「小説は今の人は読まんもんねえ」という理由で、考えられない安いお値段にしてくれました。おじさんありがとう。

「そうやって、女のしあわせを、黄色いしゃりしゃりいう袋と交換していくんだに」とピポちゃんは言いました……あたらずとも遠からず……。だけどそういう言い伝えは信じた者が負けです！あ、つい語気が荒くなってしまいました。返す言葉もなく、帰りの荷造りをしました。

【10日　マックにて】

私の家の近所（東京都内です）のマックにて。楽しそうにトランプしている中学生がいました。かと思えば「このお店には住所、氏名、電話番号、メールアドレスなどの個人情報を書き込むことはできますかっ？」と大きな声で滑舌も明瞭に質問している青年もいました。野球帽をきちんとかぶり、青いジャージを着た青年。店員の女の人が笑顔で「できませんよ」とやさしく応対すると「ハイ！　わかりました！」と、とても大きな声で返事をしています。ジャージのズボンがゆるいのか、腰のゴムをひっぱりあげながら何回も同じことを訊いていて、一種のねばり強さを感じました。近くの席で今日の試合の反省会をしていた高校の剣道部員たちは、鬼コーチが小声で「眼を合わせるな」というのに従って、みんな静かになってしまいました。さっきまで「もっと、つばぜり合いをしたかったです！」と勢いがよかったのに。

【16日　マンションのお祭りにて】

千葉県のとある市の分譲マンションの広告に仕事で絵を描かせていただいたご縁で、完成したそのマンションで行われる演芸大会にうかがいました。マンションの敷地の中にあるホールで、住民のみなさんが踊りや歌を披露され、私は出演者に記念の色紙をお渡しする係。色紙は前の日に10枚くらい絵を描いて用意していきました。

マンションへ着くと、ホールの入り口に私が描いたキャラクターの「ポチ」が大きな神輿になっていました。立体にしてもらって……。おもわず拝んでしまいました。あわてて中に入ると、もう演芸大会が始まっていて、地元在住の落語家さんが羽織袴で司会をされていました。ホールに足を一歩踏み入れた途端、「あっ、ポチのおねえさんでーす！」とテンポよく呼び出され、つられてコートも脱がず、手提げ袋も持ったままマイクの前へ。落語家さんは私を「こちらがこのマンションのキャラクター・ポチを描かれた方です」というやいなや、私の手提げ袋を持ち上げて「これがほんとのポチ袋!!」とおっしゃいました。さっきほんの一瞬、私に投げかけたするどい視線は、ネタを見つける狩人の視線だったのですね。すばらしい反射神経です。そんな現場の雰囲気に圧倒されて、私はそのあと粛々と色紙をお渡しする役に徹しました。

会が終了し、駅まで送っていただいて、そこからしばらく歩いた場所にある「手賀書房」という古本屋で薔薇十字社の吸血鬼の本を見つけて自分のお土産にしました。常磐線に揺られて帰途に着きました。

【26日】

仕事が進まないので気分転換をしに近所の喫茶店まで散歩。ここの喫茶店、長居しててもほおっておいてくれるから好き。

席についてぼーっとしようと思った矢先、またあの集団が来た。黒いダボッとしたスーツに茶髪のパンチパーマなんだけど顔つきはまだ高校球児っぽい男たちが規則正しい足取りで14人やってきて、必ず全員カフェモカ（アイス）を頼む集団。すごい腕時計をしている。強面なのに、全員ちっちゃいトレイで自分のカフェモカを運んで自分の席につく。けど、ひとりが立つと他の男もみんな立つ。兄貴っぽい人が座ると、全員ぱっと座る。誰かが立つと、それより目下っぽい人は立つ。立ったり座ったりもぐら叩きのような行動を繰り返しています。ガムシロップを兄貴から受け取るたびに「ありがとうございますっ」とものものしい声（わざと低く出してるような声）を出す。その声で全員そろって「いただきますっ」というので、こわい。なのにカフェモカのクリームだけをすくって舐めたりしてる男もいる。「今日は俺、違うもの頼みますんで」とか言えない雰囲気なのかしら。

見計らったように全員同じタイミングで飲み終わり、誰かに命令されたかのように同時に立ち上がってちっちゃいトレイを銘々返却口に持って行った。前に見た時は、テーブルに置いたままにしていたから、きっと誰かに言われて気がついたんだなと思いました。身内のことには敏感だけど、強面が全員同じカフェモカをストローで吸う様子が可愛らしすぎることに気がつかないという鈍感さが、集団行動の恐ろしいところだと思いました。もし誰か気づいたとしても、あのオドオドっぷりではトレイを返すか返さないか決めるのに10日くらいかかりそう。そして彼らのあの時間は果たしてくつろぎタイムなのかしら。たいへんそうだわー。

【2月1日　マンションの新住人】

うちのマンションは階段を昇り降りするとき、お向かいのマンションの部屋の中がよく見えます。しかもベランダ側の大きな窓よ。階段を降りるたび見てはいけないと思っていても、いやがおうにも視界に入って来て中の人と眼が合ったりします。一番よく見えてしまう部屋には、住居ではなく事務所が入っていて、午前中、私が寝巻きの上にヨットパーカーを羽織った格好でゴミ出しに階段を降りるときには、もうすでにネクタイの人がパソコンに向かっていたりする。こんな時間にこんな格好でどうもすみません。向こうもこちらが気になるのか、入居後しばらく経つと眼が合わないように机の配置を変えてたりして、それすらも一目瞭然なのがお気の毒。それが理由かどうかはわかりませんが、お向かいのマンションのあちこちの部屋は、しょっちゅう引っ越ししては入れ替わっています。

そんなマンションに先月の終わりから新たに強者が入居！　ベランダに箪笥や衣装ケースをずっと山積みにしたまま。カーテンも閉まったまま。新住民はいったいどんな人なのでしょうか。

【2月2日　濃い一日でした】

古書現世の向井さんと、世田谷文学館に「成瀬巳喜男展」。ゴジラの製作年がまちがっていたので、その旨アンケート用紙に書いてみました。余計なことだったかしら。文学館に隣接する大きなお屋敷。土蔵の中身に思いを馳せる。そのあと、今度ｓｕｍｕｓ文庫に書かせていただく向井さん原作・私が絵の漫画の打ち合わせをしてから、新宿のジュンク堂へ寄り、向井さんに中村屋でカレーパンを買ってもらって高田馬場の居酒屋で書肆アクセスの畠中さんと待ち合わせ、再びそこで向井さんと漫画の下書き。また酔っぱらって山手線で帰りました。活動的な一日。

※お向かいのマンションの新住民の荷物はまだベランダに山積みのまま。

【3月1日　逗子】

神奈川県立近代美術館でやっている「ハンス・アルプ展」を観るために逗子へ。逗子駅近くの商店街はのんびりしていて、ちょっと懐かしいかんじのするいいところでした。珠屋っていう喫茶店のマッチの箱の絵は、美人が海を眺めてコーヒーを飲んでいるシルエット。素敵なので2個もらう。アルプ展は閉館ぎりぎりになってしまったので、走りながら観る。彫刻を観てぷぷぷと笑える、というか、愛らしい変わった生き物をめでた時のように、にんまりとできてよかった。「偶然の法則」に基づいてつくられた作品に、それと関係がなさそうでありそうなタイトル（でも面白いタイトル）をつけるという、そのバランスがとても作為に満ちていて、やはりダダの人だなあと思った。

この美術館は海辺に建っていて目の前は相模湾。凪いでいて、とてもおだやかな海が見えました。

【3月5日　林哲夫さん素描展「読む人」】

向井さんと、立石書店の岡島さんと、某書店のOさんと高輪の啓佑堂ギャラリーへ。林哲夫さんの展覧会へうかがう。初めてお目にかかった林さんは、陸奥A子の漫画に出てくる脚長の男の人のような方だった。壁に、いろんな場所で採集された読書中の人のスケッチがところせましと展示されていました。美容院で本読む女の人の絵。ふむふむ、確かに美容院で読みます読みます！　しかし美容院でのあの格好を外から他の人に見られるのはけっこう恥ずかしいですよ、と思いながらじーっと観ていたら、そばでOさんが「鏡に映っているのかしら」とおっしゃった。さてさてその真相は？　電車の中や街角で、対象をじーっと見てスケッチするのってスリルがありそうです。描くスピードも関係がありそう。

会場でｓｕｍｕｓ文庫の『読む人』を買う。立石書店の岡島さんが、「この句、いいよね」とご自分の買われた『読む人』を開いて見せてくれる。林さんの書かれた句。水浴する少女がなんとかかんとか、という瑞々しい句。素敵。はっ！と思って自分のも見る。

「百均の　終の棲みかか　風寒し　忘茶庵」

とあった。私にぴったりです。

一冊づつにすべて違った句が書いてあって、全冊読んでみたかったけれど、それは不粋だな、と思って我慢して帰ってきました。

※お向かいのマンションの新住民に変化あり。カーテンが、巨大な日の丸の旗に変わっていた！

【3月6日　農文協・聞き書シリーズ、最高！】

古書会館でテープ貼りのアルバイトをしているH子さんが、本業の仕事で台湾へ取材に行っている。〝台湾の神保町〟のような街に宿泊し、食事は餃子とか小龍包とか粉ものが美味しい、というメールが届きました。粉ものがおいしいのかあ……急に食べたくなってつくる。

農文協の『聞き書　東京の食事』に載っていて、前から気になっていた「えびりつけ」というのをつくってみた。えびりつけ、うどん粉をこねてだんごにする。それを茹でて、お醤油と砂糖、かたくり粉でつくっておいたたれをからめて食べます。写真と文字で「この色とこの艶、あああ……」とためつすがめつ眺めていた「えびりつけ」が、たった今ぎゅっと握りつぶしたみたらし団子のような形となって、私の前に現れております。おいしかった。どんぶりいっぱい食べてしまった。粉もの万歳！

そうそう、この聞き書シリーズ、各地の郷土料理の調理法の記述が、狂おしいほどにおいしそうなのです。以下、『聞き書　東京の食事』より少し引用。

「大根を千六本に切り、かつお節のだしで煮る。

大根がまだ少し固いうちに麦飯を加える。食前にお風呂に入るので、そのあいだ火にかけておくと、ちょうどよくできる。醤油で味つけする。油揚げやあさりのむき身を入れるとおいしい」

これは麦ぞうすいの作り方。お風呂で湯につかりながら、雑炊のことを思う幸せ！　ああ！　ほかに持っていた『岡山の食事』は「岩井志麻子先生もこのような食事をされていたのでしょうか」とスリップに書いて、ハルミン古書センターへ出してみたら、後日売れていました。

※お向かいのマンションにさらなる変化あり。日の丸国旗の上の左右の角が、紫色の三角になっていました。それで白い部分は台形になって、ちょうど富士山の形に!!日の丸と富士山と紫色！！！！！！！！！！！！！！！

2

パンツと私――鴨居羊子

こんなことをみなさんに告白するのもどうかと思うのですが、私が自分の「パンツ」を家族共同の下着専用箪笥から、自分の勉強部屋の小引き出しに独立させたのは、中学二年の一〇月頃、『アリゲータ』を観に行こう」と、同じクラスの男子から映画に誘われてしばらく経った頃でした。それまではどうだったのかというと、実家の風呂場の脱衣コーナーの片隅に置かれていた下着専用箪笥の引き出しの「おじいさん」「おばあさん」「お父さん」「お母さん」と順番にマジック書きされた下から二番目（一番下は妹）が私の段になっていて、時々、一〇年くらい穿き込んだ祖母の下着が間違って私の段に紛れ込んでいても、それほど不愉快だとも思わずに過ごしておりました（でも「お母さん」の段に「おじいさん」が混じるのはちょっと危険な香りですね）。つまり、男子と巨大人喰い鰐の映画を観に行く以前の私は「パンツ」を保温と習慣くらいにしか考えていなかったのでした。

朝、学校へ行く身支度をする時に、母のスリップを借りようとして、クタクタになった肌襦袢《はだじゅばん》や太腿を通す穿き口が腰周りと同じくらいに伸び拡がって原型をとどめていない

「パンツ」や、ジャスコで買ってくるネルの安い寝間着の詰まった中からスリップの裾を掴んで取り出そうとすると、からみついたごついブラジャーの留め金にストッキングやらガーゼのハンカチやゴムが伸びきった靴下やらがずるずると引っかかって、まるで北海道の利尻昆布の収穫のようになってしまいます。私はそんな少女の人生から抹殺してしまいたくなるような夢もロマンもない家族共同の箪笥は金輪際、視界に入れないように努力を積みました。そして雑誌に載っていたのを真似して、自分の勉強部屋にある小抽き出しにポプリと一緒に収納するようにしました。ほんのちょっぴりと付いているだけのレースや、腰のサイドの幅がいつも穿いているデカパンより幾分か細いだけでも、フェティッシュとはいいませんが、「今後の私のパンツ」にモヤモヤした妄想を馳せてしまうのでした。甘酸っぱいです。毎晩日記一〇〇ページです。

女性なら誰しも「パンツ」が今までとは違うものに思えてくる瞬間を経て現在に至っていらっしゃると思いますが、例えば三〇代の女性だったら、多分あと十数年もすればご自分の「パンツ」は再び家族共同のパンツ入れに戻ってしまうことだってあるかもしれません。そうなるまでにもう一度「パンツ」のことを考えておきたいと思います。

女性のパンツを日常的に語る時、なんだか恥ずかしい雰囲気がつきまとうのを避けられないのは、当然それが「お股」を包み隠すものだからであって、「パンツ」という物体そのものが恥ずかしかったり、みだらだったりするわけではありません。そして、いうまでもないのですが「お股」を恥ずかしいと思うのも、「お股」自体は身体の部位にしか過ぎません。なのに、世の中ではそれにまつわるさまざまな性的イメージによって「パンツ」をも恥ずかしい物体だとみなしています。「パンツ」の地位は低いのです。「パンツ」はかわいそうですね。このあいだも、「ズボン」を「パンツ」と呼ぶことに対して「まったく紛らわしいったらありゃしない。私たちは立派な洋服なのよっ。あんなのと同じ呼び名なんて耐えられないわっ。あんなのはパンツじゃなくて下穿きで充分なのよ下穿きで！」と私の知り合いのズボンが言っていました。それは嘘なんですけど、世の中では間違いなく「パンツ」は恥ずかしくて、いやらしくて、身分の低い物体なのです。

「みんな、そんなにパンツを卑下するな！」と叫んだのが鴨居羊子《かもいようこ》だと思いました。というか、「恥ずかしいものをわざわざ見せよう！」といっているのだと思います。いってしまえば男性に対して「こんなきれいな下着を身に着ける私を見て。どお？　美しい身体でしょ、触れてみたいでしょ」と、実際に誘惑しないまでも、その当時の世間からいわせれば「みだら」な気持ちを胸の奥に秘めているのだということを、明らかにする意味があったように思えます。

「女性解放運動」ということが「女性も男性と同じことをする」というふうに取り違え

られて久しいですが、「女性解放」は「脱線する、邪魔をする、失敗する、何も知らない、肝心なことを忘れる、独自の工夫をする……等の振るまいを、無意識に平気でできるようになること＝社会的にはとても不利益で迷惑」というある部分の「女性ぽさ」の解放もちょっとだけ含んだほうがいいのに、と私はのんきに思っているので、その点において鴨居羊子の「下着革命運動」を「女性解放運動」と読み取ることはとても興味深いです。その当時の「女性解放」の路線と鴨居羊子の下着革命のおしゃれさは相容れなかったのではないでしょうか。だからスキャンダラスで過激に映ったのも納得できます。「女性解放運動」の言葉で語られるうちに、鴨居羊子の作った優雅でコケティシュな下着の魅力が「男女同権」のガチガチパンツに絡め取られていかないよう、陰ながらお祈りしています。

こう書くと私自身が実際に魅力的な「パンツ」を身に着けたナイスバディを誇示しているのではと思われる可能性が、もしかしたらあるかもしれないので書き加えておくと、実際は、男性は「今日は彼女がどんなパンツを穿いているか」をそれほど気にして見ていないようなので、つまらないからしていません。それよりも、私にとって問題なのは「パンツ」の「パンツ」以外の呼び方が「パンティ」「スキャンティ」「ズロース」「ショーツ」など、いくらでもあるのに、やっぱり、その、たよりなく、薄い布地がヒラヒラするのに似た語感を持つ「パンティ」と書くのが気がひけてしまい、あえて中性的で、官能的な女体から一番遠いところにありそうな「パンツ」という呼び名を選んで、しかも「」まで付けて今まで書いてきたということなのでは、と、いま気がついたのでした。

新婚　ペア・ドール――水森亜土

父の妹、つまり私の叔母さんの波子は二四歳の時、お役所勤めの四角い顔をした男の人とお見合いをして結婚した。叔母さんは、古くさい老人村にある家を出て、郊外の新しい家の建つ地域に平屋の一軒家を買って夫婦でそこに住んだ。夏になって、「庭に植えた蔓草に赤い花がついたから見においで」とお呼びがかかったので、叔母さんのお母さん、つまり私の祖母とその頃小学一年生の私は連れ立って叔母さんの新居に遊びに行った。新しくできた「鶴山」という国鉄の駅からタクシーで三〇分ほどのところに叔母さんの家はある。「関西電力の鉄塔が目印」と叔母さんは言っていて、そしてほんとうに鉄塔の真ん前に家が建っていた。軽自動車が玄関先に停まっていた。それを見て私はかっこいいと思った。田舎の人はどうせ買うなら何でも大きくて派手なものを買うに決まっているので、軽自動車が停まっている、ということは珍しいと感じられた。叔母さんも私たちと一緒に老人村に住んでいた時とはどこか違う人のように見えた。

新品の台所と小さな洋間のあいだに、ガラスのコップや水差しや洋酒の瓶がしまってあるサイドボードが間仕切りとして置かれていて、その上に男の子と女の子の陶製の人形が置いてあって、私は「波子は大人なのに人形を飾るんだな」と思った。老人村の家に私たちと住んでいたときは、人形を飾ってる叔母さんなんて見た事がなかった。波子がよその人になってしまったような気がして、出された梨が食べられなかった。

人形は、亜土《あど》ちゃんのイラストレーションを陶製にして象《かたど》ったものだった。亜土ちゃんのイラストレーションは、私もテレビで見たことがあったけれど、人形というとガキの私にはドレスを着たお姫様っぽいほうが魅力的に思えていて、それはリカちゃんだったりするんですけど、亜土ちゃんの人形は、おもちゃ屋に売っている可愛いもの、というよりはファンシーグッズの店で文房具やおしゃれ小物と一緒にあるものという感じで、リカちゃんよりも少しおとなっぽい物品だと、子供ながらのヘンな基準で思っていた気がする。

叔母さんの亜土ちゃんの人形は、向き合ってキスするポーズをしていた。女の子のほうは、パンツが見えていた。パンツ見えてらあ、叔母さんのエッチー！

これでおわかりのように、あかぬけない子どもだった私には亜土ちゃんグッズが欲しくてたまらない、と思った時期はなかった。友達の家に遊びに行って、亜土ちゃんのグッズが飾ってあるのを見ると今でも「あー、よそんちなんだなあ、ここは」と、叔母さんの、平屋の一軒家を思い出す。

ヨコハマ・マイ・ソウルタウン——藤竜也①

もしも生まれ変わることができるなら、私は竹田かほりに生まれ変わりたい。そして本牧に住み、刑事ドラマ『プロハンター』で藤竜也と草刈正雄が営んでいる馬車道通りの探偵事務所でお茶汲みのバイトに通って、ふたりが帰ってくるのを待ちたいです。本当は草刈正雄はどうでもいいし、事務所で待っているのは映画『陸軍中野学校』で愛する市川雷蔵を思うあまり「女スパイ」になって暗躍する役だった小川真由美だけど、私は藤竜也に普通に可愛がられたいので、やはり竹田かほりがいいです。

火曜日の夜九時過ぎ。『プロハンター』を見るために私は居間にいる家族を部屋から閉め出して、祖父と祖母が仮死状態で寝ている奥の部屋の襖《ふすま》を完璧に閉めて完璧に私ひとりの状態を作り、そしていよいよ家具調テレビのスイッチをオンにする。ユラユラと画面が立ち上がると、やだ、もう始まっている！　野球延長で遅くなるんじゃなかったんだ！　背中に「yokohama my soul town」という文字が入った黄色いジャンパーの、ヒゲのにくいアイツ藤竜也が脇とお尻をぴっちり締め、腿だけは高く上がる陸上走りをして、神奈川県民文化会館の噴水の前に停めてあったマツダＲＸ７に乗り込み「しょうがねえ、一銭の得にもなんないような犯人をどうして俺が追わなきゃなんないんだ」という、行きがかり上の都合とでもいうかのような感情を、鼻の下の髭を動かしながら息を深く吸い込む演技で表現し、その、息を吸う時の鼻をすするような音を聞くと、私は胸がキュ〜ンとなって、番組のあいだ中ずっと、藤竜也の全ての仕草と言葉使いとドラマの中に登場する横浜のありとあらゆる店、地名、小物、日活アクション時代を振り返るようなポケットジョークを記憶し、番組が終わると「中等社会科地図」で横浜のページを開いて記憶で道を辿った。だから、横浜に行ったこともないのに、横浜の地理に異常に詳しい女子中学生、浅生ハルミン。そして『プロハンター』の番組最後のテロップで見て憶えてた「銀座かねまつ」という店の靴の空き箱を友達の家の玄関で発見した時は「すごーい！」と思い、「銀座かねまつ」は藤竜也とは直接は関係ないのに、ロゴを見ただけで、あの鼻をすすりあげる音が耳もとでしたような気がした。

今もういちど、あの頃の私の情熱が甦ってきたら、これから先ドモホルンリンクルは使わないですむのでは、と思います。

マイ・ミスター・ムスタァシュ――藤竜也②

小学六年生の頃だったか、ドラマの時間が近づくと家族が誰も入ってこないように、私はテレビの部屋の襖の閉め魔と化します。居間でテレビと私はふたりきり。これから横浜を舞台にした藤竜也の出てくる刑事ドラマ『大追跡』を観るのです。

テーマ音楽が始まる。もうここは浅生家の居間ではなく、港町横浜の、迷宮めいた歓楽街の雑居ビルの二階です。私なんか膝をトンビに折り、普段しないはすっぱな座り方をしたりして、気分だけは港町のねえちゃんになり切って藤竜也の登場を固唾《かたず》を呑んで待ちます。

『大追跡』の藤竜也は赤いジャンパーと細身のジーンズがお決まりのスタイルで、とてもまともな刑事にはみえません。ジーンズのお尻は硬くぴちっと締まっている。どんな窮地に陥ってもガムを噛むのをやめない。深刻な人生論など決して語らず、自分の他に信じるものなど何もない。それでいて悪い女にすぐ騙されるところなんか特にいい。キャバレーのねえちゃんといちゃいちゃしている最中に署から呼び出され、女物のガウンを羽織って

「子猫ちゃんまた会おう」なんて最後までふざけていながら、悪者を確実にしとめる仕事ぶりに、私は毎回やられっぱなしでした。

横浜に行けば藤竜也に会えるのかなあ。都会といえば東京だけど、私はだんぜん横浜でした。行きたいのは竹下通りよりも馬車道通り。ソニープラザよりも大湖飯店に決まっていました。でもなぜ私は藤竜也が可愛がるキャバレーのねえちゃんではなく、単なる田舎のいち小学生なのかなあ……。ドラマが終ってぐったり居間を見まわしたときの気持ちは、今もそのまんまのような気がします。

おとなになってから横浜をドライブしました。石川町から山手トンネルをくぐり抜けて本牧のうら寂しい界隈にさしかかったとき、ここ、いかにも藤竜也が捜査していそうな町！　一歩裏に入ったら上玉の婦女子は樽に入れられて香港マカオに売り飛ばされてしまいそう！　と興奮したのですが、同行の横浜市戸塚区在住の友人は「そんなのまぼろしよ」といった。ところが、たまたま入った近くの雑貨店で驚いたことに「藤竜也氏・作」と名札の付いた備前焼だったかの器が並べられていたのだ。ほら？　やっぱり！　と思った。そんなこともあって、小学生の時分から私の脳内では藤竜也と横浜は完璧に重なり合ったままです。〝黄金町〟だとか〝磯子〟だとかドラマで知った地名を聞いただけで血管が収縮して横浜をふつうに歩けません。もしかしたら藤竜也が雑居ビルの隙間で張り込みしてるんじゃないかしら、と思って。

じじいの鼻ちょうちん――杉浦茂

杉浦茂のマンガを食べ物にたとえると、それはまさに駄菓子です。なぜマンガを食べ物に……と聞かれても、返事のしようがないのですが、私の感じでいくと、そういうことなのです。そして駄菓子の中でもズバリ「ふ菓子」だと思います。食べたような食べてないような、消化の良さそうなお腹をこわしそうな、人工着色のピンク色がすっごくきれいな、安くてペナペナなビニールに入っている、そんなチープなおいしさ。うーん、懐かしいですね。

わたしは杉浦茂のマンガはちょびっとしか読んだことがないのですけれど、それは、こう、何か、かわいくて、安直で、ポップで、懐かしいけど新しい、そんな感じがするものです。駄菓子も杉浦茂のマンガも、けっしてお腹のお足しにはならないし、空気みたいに存在感が希薄なのに、あればあったで読んでしまい、読んだら読んだでまた読みたくなる。にせヨーグルトか、ふ菓子のクシュとした物質感に近いものがあるように思います。

変な形の生きものや、すぐ油断してしまう悪者など、なんともいい感じのキャラクターが登場した冒険ものかと思えば、日常生活マンガや、リアルな描写の戦前教育マンガもあったり、作風はバラエティに富んでいます。しかし、どの物語の登場キャラクターもみんなのんきでお気楽者。脱力系。たとえばふとんを日なたに干しなさいとお母さん象にいわれて、どこに干そうか頭の上にフトン乗せたままず〜っと考えている子象さんや、夜寝る前に食べたするめが夢の中でするめ怪獣になって復讐してきたのでうなされていたところを、お母さんにお腹の薬をもらってスヤスヤオシマイといった、日常のささいな出来事をささいに書いてしまって、とくに盛り上がりもせず、これはもしかして不条理マンガのはしりなのでは……とすら思えるのほほんとしたストーリー展開。なんか、杉浦茂翁のお昼寝の途中、鼻ちょうちんがパチンとはじけてビョヨヨ〜ンと生まれたものたち、って感じです。

私はそんな寝ぼけているような、覚醒しすぎているような魅力を、今読んでも新しいと思っておもしろがっているわけですが、はたしてこれを昭和三〇年代当時の人たちはどう受け取っていたのか、案外、今の私と変わらないのではないかと、思ったりもしています。

ピンボール・アリス ピンボーラー・キャロル
——ルイス・キャロル

『鏡の国のアリス』の文庫本のあとがきで、訳者の矢川澄子さんが「アリスという女の子のお話を一度もきいたことがないなどという読者が、いまの世の中に考えられるでしょうか」というふうに書いておられますが、私はこれまで『不思議の国のアリス』も『鏡の国のアリス』も読んだことがなかったし、絵本も見たことがなかった。すみません……。というのも『不思議の国のアリス』が少年少女のための絵本になっているのにも関わらず、幻想文学やロリータ・コンプレックスといった、大人の高そうな趣味の世界でも喜ばれております点が、クリスマスシーズンになるとデパートの催事場で開かれる「世界の飛び出す絵本フェア」の謳い文句である「大人も子供も楽しめます！」という いい回しを思い出させるからなのだ。その「大人も子供も楽しめます！」が一体どうなのかというと、おどろおどろしい西洋のお城を背景におばけの腕がぶらぶら動く仕掛けで、横のコウモリは特にこれといって動くわけではなかったりして、なんだかあまり盛り上がらなそうな予感が私を暗い気持ちにさせるのだ。
先入観というのは人の思考を弱くする。おそろしい。

そういうわけで私は、『不思議の国のアリス』というのはお姉さんの膝で眠りこけているあいだに兎に誘われて穴に落ちたり、びんの中のものを飲んで小さくなったり、女王様に会ったりしていくうちに兎の急用を解決していったりする、少女の前向きなストーリーものだと早合点していましたが、読んでみるとストーリーというか、出来事はすべてふいに起こるアクシデントだったのでせき立てられるみたいな面白さがあった。それはまるでピンボールゲームのようで、ゴムのクッションや数字の板や女体のベルやはじく短棒にぶつかっては戻り、あちこち勝手に転がる玉を目で追うみたいに振り回された。もちろん、ピンボールの操作をするのはルイス・キャロルで、私は横から盤上を覗いているだけだ。

なんという遊びなのかわからないのだが、子供の頃、学校の帰り道で「目をつむったままで歩いて家まで帰る。目を開けていいのは五回まで」とか、「横断歩道の白い所は踏んではダメ」とか、「電信柱の影は必ず飛び越えるようにする。なぜなら犬のおしっこが垂れていて汚いから」といったルールを自分ひとりのために作ったりして楽しんだものだった。それは、ある使命感からなのです。特に道にまりが落ちていたりしたら、もう、「これは上層部から私だけに送られた何かの指令だわ！」と、まりを大事に家に持ち帰ったりするなど、ある時は潜入中の由美かおる、またある時は事件現場に走る長谷直美になりきった。自分独得の世界だ。その独得の目は、自分の体の内部にも向かっていて、自転車で帰る時には、自分の耳の角度と風向きの関係を調節して、曲り角で一旦停止せずとも対向車が来るかどうかわかる方法を発見したりした。「あの子、背筋がぴんと伸びて姿勢がいいわね」と近所の人からほめられるための自転車の乗り方も発明した。

このように、子供時代の私はひとりでいる時に数多くの発明・発見をしたのであるが、それらはどれもこれも閉塞した自分内部での発見で、外部で起こる出来事を自分の中の物語りに独自のジョイントで結びつけてしまう未開拓な子供ならではの世界との関わり方だった。自分でいうのもおかしいのですが。

そうした神さまからせき立てられているような、わけのわからない使命感にせき立てられる子供の遊びにも似たアリスのお話を読んでいると、アリスが男子禁制の夢の中で、ひとりぼっちで遊んでいることについ気持ちを奪われてしまうものだが、遊んでいるのはアリスだけでなく、ルイス・キャロルもまた、ひとりで遊んでいるのだ。ルイス・キャロルは決してアリスに直接触れることなく、玉がキョロキョロ動くのを操ったり振り回されたりして楽しむピンボーラーであるように思われた。

『不思議の国のアリス』は、ゲームのようにつぎつぎにおこる不思議で楽しい冒険のお話である。それと同時に、ある限られた小さな場所でアクシデントに翻弄される女の子の姿に自分自身が少年少女だった頃の、自分は何でできていて世界がどうなっているのかまだ知らなかった子供時代特有の緊張感を、もう一度思い出そうとする大人もいるということを、わからせてくれるお話でもあるのだ。

素敵なおじさまたち
——吉田照美・小田和正・林家染丸・川崎敬三

吉田照美

照美さんを文化放送の前で出待ちして、私が描いた照美さんの似顔絵をお渡ししたその翌週、いつものようにラジオで「吉田照美のやる気まんまん」を聴いていたら、「午後2時の興味津々」というコーナーで、私が表紙のイラストを描かせてもらった『鉄腕アトムは実現するか』というロボット研究の本が紹介されていた。私の描いた絵が、今、照美さんのお手元にあるのだわっ、と思うと、指が自然にペンを掴み、番組宛てにファクシミリを送る体勢に……。「照美さん、小俣さん、いつも楽しい放送をありがとうございます。私は先日照美さんの出待ちをした女ですが、憶えていらっしゃいますでしょうか。その本のイラストは私が描いたものです」。もちろん「私もいつか照美さんのロボットになりたいです」と最後に書き添えた。照美さんの目に届くかしら、そしてこの本が紹介されたのは、単なる偶然？　それとも……などとそわそわしているうちに、番組の残り時間はあと五分……、というときに「えー、ファックスが届いておりまして、ロボットの本の絵を描いたという方から」という照美さんの声が！　そして「このあいだ、女の子が僕のことを待っててくれたんだよ。ロボットになりたいですって書いてあるぅ〜。僕はいつでも君を修理してあげるよ。君は僕のロボットだ〜！」という叫び声で番組は終了した。何がうれしかったかというと、三三才なのに「女の子」と言われたことです……と同時に悩みも増えてしまいました。私の年齢をいつ照美さんに告白すればいいのか……ってことです。

小田和正

この人のことを好きになったら、たぶん私は地獄に堕ちる……そういう予感を抱かせる男。小田和正が「おじさま」とよばれる年齢になって、あっちに行ってくれてほんとうによかった。ひとりにして、ひとりに。自分からは何もしないで、空回りさせて、ときどき私に触れたり、気が向いたときにだけどこかに連れて行ったり、そしてそのうち私を一気に突き放すのでしょ、キミが僕のことを好きなのはわかってる、キミはいいひと、ありがとう、だけど僕はキミを選べないんだ、療養所に入るかもしれないから……って、きっと私に向かって言うわ、横にいる美人の看護婦さんと手を握り合ったままで……どこも病気じゃないじゃない。いたって丈夫じゃないですか。振り返らないで、今キミはすてきだよ、って歌ってくれたから、あら、私のこと、綺麗だなんて、そうかしら……なーんて私がじーっと我慢して後向いているあいだに、小田和正は会社社長令嬢と結婚式を挙げていました。

林家染丸

この人のことを好きになったら、ぜったい私は地獄に堕ちる……そんな暗黒の魅力を持つ男。ある日、上野の「鈴本演芸場」で、染丸は男と狐と女になった。筆を口にくわえて障子に墨で文字を書いた。両手を後手にした格好で、ひざまづいて口で書き、それは女に化けたのがバレてしまった狐の哀れな様子を醸し出していたが、それよりもむしろ染丸のエロスが醸し出されていた。その直前に見た権太楼師匠の落語は、陽あたりのいい天国に連れて行ってくれそうだけど、染丸の落語は暗黒の世界へ引っぱられそうだった。艶のある黒だ。全身うるし塗りだ。女役の時の染丸は本当に近所にいそうな気のいい女に見える。そしてさっきまで、のん気な身振りをしてたと思ってたら、話し終わってソデに引けていくときは、無表情な冷たい顔になっている。落語家は引けの時、みんな決まり事のようにその表情をするが、染丸のさっきの女役を思い浮かべると余計に、冷たい表情がゾッとして、さらに引き込まれる。ある日「日本の話芸」という教育テレビの番組で染丸が『宿屋仇』をやった。染丸は話しながら口の端を袖でぬぐう。そんなことにときめくのはおかしいかもしれないが、唾をぬぐう仕草さえも優雅なのだ。その演目は女役が少なかった。だから素人の私としてはいまひとつ物足りなかったのだが（贅沢ですが）、次回予告で別の落語家さんが画面に映ったのと比べると、やっぱり染丸の芸は暗黒に輝いていて、ほれぼれする。

川崎敬三

奥さん……奥さん……と、おどおどしながら擦り寄ってくる者有り。布団のセールスマン、万能包丁の実演販売者、富山の薬売りなど。その同一線上に川崎敬三さんはいらっしゃいます。この本（『えぷろんパパ』一九七三、スポーツニッポン新聞社）のタイトルは、道ですれ違った悪ガキに「あ、えぷろんパパだ」と名指しされた当人が「言い得て妙、のアダ名じゃありませんか」と感心し、「拝借」して名付けたというサービス設計。そして「ドラマといわずコマーシャルといわず、かならず台所にとぐろを巻いている感じの男、川崎敬三」と自ら名乗るニコニコファミリープラン。旦那に家事を任せるなんて、と気がひける御家庭にあっても、「いや決して下男ではない！　一流コック方式の道楽料理なのですホント」と、奥さんの気遣いはいつもの量の二分の一で済みます。どうしてそこまでへりくだるのか、その腰の低さの無駄使いは一体なんの為に？

事故したままで走る——田村治芳

いまから一三年前、私が「なないろ文庫ふしぎ堂」で働いていたとき、その頃店の二階に住んでいた、店主でもあり『彷書月刊』編集長でもある田村治芳さんが、「原稿書いてみる?」と言ってくださいました。

田村さんは浴衣で出かけることがありました。真夏の昼間だったか、「行ってきます、店よろしくね」と出てゆく後姿のお尻の部分に、どこかの粗品の日本手ぬぐいが一本丸ごと、ズバっと、縫い付けてあって、さすが田村さんは粋な浴衣を着るものだ、これはもしや婆娑羅《バサラ》趣味っていうものかしらと見惚れていたら、それはうっかり裏っ返しに着ていただけだったとあとでわかりました。

裏返しの浴衣もカッコよく見えてしまう田村さんの大胆さのおかげで、ただ古本が好きだというだけの私が、博識な人たちの集う古本の冊子に書き始められたのだと思います。

自分の好きな、道で拾ったどこかの奥様の家計簿だとか日記、見知らぬ家族のアルバム、女子の人生に関わる本、体位の本、中身は読まずにタイトルだけで妄想した本のことなど、

『彷書月刊』購読者の好事家の人にとっては一銭の得にもならないことを一所懸命毎月書いて、そのへなちょこな文章がぴかぴかの本になって各地に散ってゆくのは、事故して車輪はずれかけの自動車で高速道路をぶっとばすみたいな気持ちがして、毎月がドキドキ面白かったです。

妄想……と書きましたが、『彷書月刊』サイトの私の紹介文に「すさまじい妄想が織りなす、魅惑のカオスワールド」と編集部によって書かれていますが、妄想ではなく、いつもかなり本気で考えています。これまでなかなかいい出せずにいたのですが。

※彷書月刊イベント用小冊子「本の海」に、〝彷書月刊と私〟をテーマに書かせてもらった文章です。

もうひとりの向井さん——向井透史

はじめて私が向井透史さんの文章を読んだのは、『早稲田古本劇場』という豆本をもらったときです。どっしりと大きい身体の向井さんがその愛らしい掌本をさりげなく手渡してくれたとき、なんてエレガントな人だろう、と驚いた記憶があります。高校時代は柔道部に所属して、通りでその筋の人に目をつけられて事務所に連れていかれそうになったことがあるくらい体育会系。時々ふざけて〝寅さん〟の口上を諳《そら》んじて大笑いしたりしている古本屋二代目の熱血漢が、よもやこのような随筆を書きためていたとは、私は夢にも思っていませんでした。文章、とてもよかった。いつもは面白いことを言って大らかに笑っている向井さんなのに、繊細の固まりみたいな中身をのぞき見してしまった気がしたことをおぼえています。

いつだったか、向井さんに本関係の人たちが集まるお酒の席に連れていってもらったことがありました。その席で向井さんは私にこけしの絵のついた桃色の栞をくれました。それと一緒に、何かをちらっちらっとリュックサックの口から出したり仕舞ったりしていました。「それはなに。見せて」と言うと、「えっへっへ、これはねぇ」と照れくさそうに定期入れを取り出し、中に忍ばせていた一葉の写真を太い指でくにくにと引っぱり出して見せてくれました。それは向井さんの高校時代の写真でした。赤いセーターを着たスリム（田原俊彦に似た背格好）な向井青年が写っていました。え？　ちょっと待って。これ向井さん？　あまりに仰天した私は「向井さん、ダイエットしてください」と、どうしようもなくつまらないことをいってしまいました。

そのときから私は、向井さんの中にはもうひとりの向井さんが入っている、と思うようになりました。寅さんの口上を真似してふざける向井さんのあの大きな身体の中には、しなやかに深く物事を見ている向井さんが入っているのです。何かの拍子に巨体をずるっと脱いで、もうひとりのスリムな向井さんがあらわれるのではないか、と想像してしまって気が気ではありません。

本書はその一面を見せてくれるものです。どうぞみなさん、この本を読んで、息を殺すようにしてつづられた、向井さんのシブい世界にひきこまれてください。古本屋の帳場から、寂しかったり侘しかったりする界隈に親しみを込めて丹念につづった文章と、そのところどころに猫の話を挟み込んだりするエレガントさにどうぞ心酔してください。そうしたら、向井さんの中にトシちゃんに似たもうひとりの向井さんがいる、という私の説もわかっていただけるに違いない、と思っています。

※『早稲田古本屋日録』(向井透史著、右文書院)栞より。

虫愛ずるひとたち——虫研究者の方々

こんなところで再会しましたね。ふたりは顔を見合わせてくすくす笑う。外は大雪。ぱきんと冷えた空気で私たちの鼻の頭は赤くなっている。ここは山形県米沢市の古本屋。待ち合わせはJR米沢駅の改札だったはずなのに、ばったり会った。

田中美穂さんと会うのは一年半ぶりくらいだろうか。これから一緒に新幹線に乗ってかみのやま温泉へ向うのだ。田中さんは倉敷の蟲《むし》文庫という古本屋の店主をされている。電話やメールでは蟲さんと呼ばせてもらっている。蟲さんは古本屋をしながら、コケの観察研究を長年続けておられ、『苔とあるく』という本まで出した。私はその本にイラストレーションを描かせてもらったのが縁で懇意にさせてもらうようになった。

行く先の旅館では、山形大学のU先生が主宰する勉強会があるのだ。そこにはミトコンドリアDNAやマイナーな生き物（パンダとかイルカとかゴマフアザラシ等のパッとした派手な生き物ではなく、人からあまり目を向けられないような生き物）の研究者たちが結集する。蟲さんも日頃のコケの研究成果を発表することになっている。私は学者の方々の前で発表をするようなことは何ひとつしていないけど、蟲さんのご本の関係者であるので、このたびのお誘いをうけた。私が行くのはとても場違いな気がしたけれど、ふだんは聞けないような生き物についての専門的な話を聞いてみたかった。「U先生はハルミンさんが猫の本を書いたことも知っておられますよ」と、蟲さんが教えてくれたので安心して、喜び勇んでここまで来た。

米沢は雪国だったが、かみのやま温泉駅につくと土の地面だった。同じ山形県でもこんなに気候が異なっていることに驚き、県って不思議ねと思う。

駅の改札にU先生が迎えに来ていてくださり、私と蟲さんをワゴン車に案内してくれる。乗りかけるとU先生が「むかし私もこけしを集めてましてね。もしよろしかったらこれ、どうぞもらってください」と、私に段ボール箱をくださった。初対面であるのに私のこけし趣味を知っていてくださったのだと思うと嬉しくなった。段ボール箱には大きな鳴子こけしが三体も入っていた。こけしは木のムクなのでずっしりと重い。それでも「わあ、よろしいんですか」とありがたく頂戴する。よろよろと段ボールを抱えてよっこらしょと車に乗り込むと、すでに中には研究者の方たちが乗り合わせておられた。蟲さんは写真家の伊沢正名さんと再会をよろこびあっている。伊沢さんは『苔とあるく』の中のコケ写真を撮影なさった方だ。

温泉街を一番奥まで入って木造三階建ての旅館に到着。大正時代からここに建っていて、斎藤茂吉ゆかりの宿。木枠の窓を赤や緑の色ガラスが彩っている。つやつやに磨きこまれた木目のたたきに、荷物をおろす。こけしの箱も大事におろす。顔が映るくらいぴかぴかに磨かれた古めかしい木の階段に、ガラス越しの陽がやわらかく射している。竹久夢二が生きていたら窓辺に女の人を立たせたくなるような建物だと思ってうっとりする。「二階は男性～、三階は女性の部屋で～す。あがってくださ～い」と、誰かの声に案内されてこけしの箱を抱えてつんのめりそうになりながら階段をあがる。

大部屋の障子をあけるとこたつがあった。私は東京での仕事を徹夜で終わらせて来ていたので、ほとんど一睡もしていなかった。こたつにもぐり込んでこけしを眺めたい。でも今ここでこたつに足を突っ込むと、身体があったまって確実に睡魔に襲われることが予測された。せっかく招いていただいたのだから、発表会で私は絶対に居眠りをしてはならない。だからこたつを見ないようにして、歩き回っていた。

夕御飯までの時間に最初の発表会がある。会場の座敷はストーブであったたまっていた。プロジェクターを写すスクリーンがかかっている。研究者たちが座布団につぎつぎ腰をおろし、座敷が人で埋まる。お盆に乗った大量の湯のみがまわされて、銘々がとる。学者さんたちの集まりだから、白衣の財前教授みたいな方たちがぴりぴりした面持ちで集まってこられるのかと思っていたが、山登りの服装みたいな人、ヘムレンさんのような白髪の紳士、近所のご隠居さんとそのお孫さんのような年齢も服装もばらばらの方たちが入り混じって、親戚同士が寄り合ってハワイ旅行の上映会をしているみたいなほんわかした雰囲気。私は気が楽になってきた。「このあいだ二〇人入ったとき床がぬけるかと思ったたって宿の人がいっていましたよ」と誰かがいうのが聞こえる。今日もそのくらいの人が座敷に詰まっている。

「みなさん、お忙しい中お集りくださってありがとうございます。この勉強会では、日本を代表する〝虫屋〟のかたや、キノコの写真家の方を初めとしまして、学会とはまた違った報告をお聞かせ願えたらと思います。それでは、順番に自己紹介を」とU先生が司会進行をした。

カブトエビを研究している方、クマムシのライフスタイルを研究されている方、昆虫分類学出身で今はそれを活かした環境教育に従事されている方、自然博物館の学芸員をされている方、きのこ栽培家、ダニ研究の権威の先生、飛騨人のDNAを集中的に調査している方……。「××草なんていうミーハーな陽のあたるものばかり研究していまして」と照れながら自己紹介する先生もいらっしゃった（へえ、××草っていうのがあるんだな。それはこの世界ではメジャーな草なんだな。メジャーなものを研究しているということは、照れてしまうようなことなんだな）。……私はすごい所にきてしまったことにやっと気がついた。しかも、研究者というと机にかじりついている人が思い浮かびますが、ここにいる先生方は、異国のどこまでも昆虫やその他生き物を追いかけて行くような、身体を張ってフィールドワークをしている方たちなのだ。しかも人が目を向けないような生き物をわざわざ……。いま私がこの座敷にいるということが何かの間違いのような気がしてきた。人が並んでいたのでバーゲンの列かしらと思ってついて行ったらオリンピック出場選手がプールに向かう列で、水着に着替えろといわれたけど、どう探しても水着が見つからないという、いつか見た悪夢の中にいる気持ちになってきた。

「今日は、特別ゲストとして、『苔とあるく』の著者の田中さんと、写真家の伊沢さん、イラストレーターの浅生さんにも来てもらいました」とU先生が紹介をしてくださった。蟲さんと伊沢さんの自己紹介を聞きながら皆の目が期待に輝くのがわかった。伊沢さんは、伊沢さんの写真の登場によって、これまでのきのこ写真の世界が一変したというきのこ写真の名手であるので、ファンがたくさんおられるのだ。

ついに私の番がきた。ふつうの自己紹介をして、「私も生き物が大好きで特に猫が好きです。中でもノラ猫の生態に興味があって、猫のあとをつけたりしています。どうぞよろしくお願いします」と最後に締めくくった。どうだ、と思った。私が人に話せる生き物は猫のことしかなかった。しかし「ノラ猫の……」というところで誰かが少し笑った。いっぺんに畑が違う雰囲気が漂った。「浅生さんは『私は猫ストーカー』という本を出しておられます。あの本はたくさん売れているんですよね」とU先生が付け加えてくれたのは、助け舟だったのかもしれない。

いよいよ発表がはじまった。口火を切るのはU先生。プロジェクターを使うので座敷を暗くする。気がついていないけど、視点を変えれば身の周りのあまたの生き物の生命活動に気づく、という話のあとに、齋藤《さいとう》愼《しん》爾《じ》の俳句を詠まれた。私が時々聴きに行く文化センターの講演会と違うのは、質疑応答の多いこと多いこと。聞いているお客さん、じゃなくて、聞く側の研究者たちから疑問がつぎつぎと出て来るところが違う。若い人が年配の研究者に遠慮なく矛盾点を訊ねたり、その逆もある。「サンプル数は?」とか「進化の過程でとおっしゃいましたが進化の定義をお聞かせいただきたい」などの声が飛び交い、ここはノーベル賞の審査会場ですかと思って、焦ってきた。今日初めて発表する蟲さんにもベテランの研究者から容赦なく質問が降り注いでいた。ここでは生き物を印象で話すことなんてありえないのだ。もし「下駄が裏返ったから明日は雨だね」っていう人がいれば、ただちに下駄の木の成分をきらきらした眼で分析しかねないような人たちなのだ。一事が万事驚かされるからか、私は徹夜明けの睡魔のことなどすっかり忘れていた。

晩御飯のあとの部。今度はダニの権威の先生からはじまる。ダニ全種類をデッサンした絵の写しがみんなに配られた。ご本人が描かれたそう。すごい。足から生えている毛まで精密にぜーんぶ描いてある。「これはもうアートですね」と誰かが感激していっている。

しかし、その絵がどれほど素晴しかろうと、私は徹夜明けなのだった。お腹が満たされ、飲酒もして、ストーブはあいかわらず暖かかった。眠くて眠くて、気がつくと、もう別の先生の発表になっていた。まぶたを開いたままにするのは至難の技で、はっと目覚めて周りに合わせてパチパチ拍手するのが精一杯だった。消えそうになる意識の中で、ダニは全部が人を噛むわけではない、ダニを無闇に嫌うことはないと、かろうじてノートに記した覚え書きはこれ何語？　という紐のようである。特別ゲストTさんの発表は絶対に居眠りしたくなかった。幻獣を探しにイランとイラクの国境まで行ったTさんがその時の映像を、今日観せてくれるのだ。

Tさんは現地の人を訪ね歩き、幻獣の棲む湖にやっとの思いで辿り着く。湖面におもちゃのようなボートで漕ぎ出すとき、噂だけかもしれないのに身体を張って確かめようとする姿勢に私は胸を打たれた。わ、どうなっちゃうの？　と思った一瞬、幻獣らしき黒い影が湖面にさざ波をつくった。研究者たちもおお〜っと歓声をあげた。映像は、果たしてあの影は本当に幻獣？　という余韻を残して幕を閉じた。しかし研究者の方たちは、それに対しても次々と質問を始めた。「××が××だとしたら、湖には大きな生物を支えられるだけの体力がないですよね」とか「××が発生しているとすると、水質がなんとかかんとか」と容赦なかった。それには面白半分のあら探し的なこととは正反対で、自分たちもその謎をできるものなら解き明かしたいという興味がこもっているように思えた。

発表のあとの懇親会で、蟲さんや伊沢さんは若い研究者たちに囲まれて本にサインをしている。ほうぼうに車座ができて酒を注ぎ合い、まるで世間話のようにアカデミックな話題で盛り上がっている。「先生、さきほどのダニの絵、もう一枚ください。好きな人がいるんで」「私このあいだ、×××があまりにかわいかったから、思わず標本にしちゃいました」という若い女の人の声が飛び交っている。私は眠気の極限状態で気が遠くなってきた。椅子の背もたれで頭を支えて半目になって起きているふりをしつづけた。始終そんな調子であったからか、旅館から出るとき「で、あなたはどうしてここに？」と質問されてしまった。

翌日。U先生が蟲さんと私を車で鳥海山に連れて行ってくれた。月山の麓を走り抜け、最上川を渡った。U先生は私たちにドライブインでトチ餅を買ってくれた。甘くて柔らかいものを食べたら次第に眠けがぶりかえし、鳥海山に到着するまでいったい何を話したのか……。「ハルミンさんのようなお仕事の人は……」と蟲さんの柔らかい声がうっすら遠くから聞こえたことだけは憶えている。私はいたわってもらった。蟲さんの声はトチ餅みたいに柔らかかった。

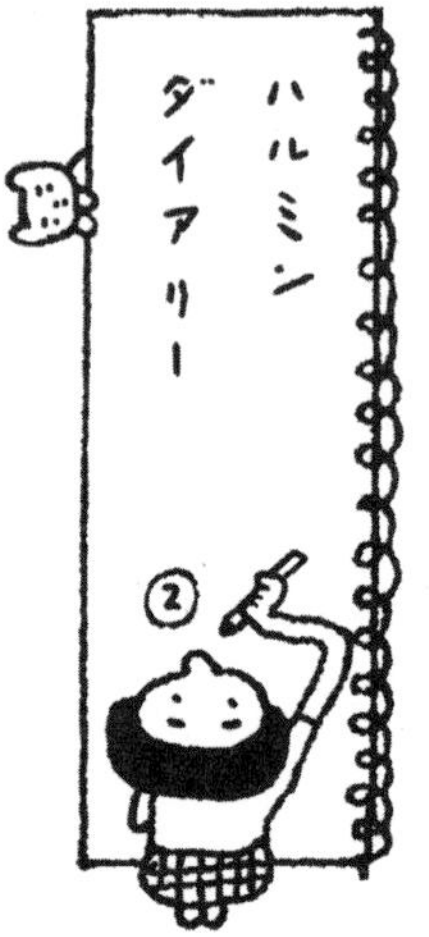

【7月のある日　夏と肉食】

午後、小田急線某駅でSちゃんと待ち合わせ、F夫妻の家へバーベキューをしに行く。住宅街の奥まったところにそこだけ木に囲まれている古い二階建ての家。その庭で肉を焼いて食べる。あとでMさんも来る。

Fさんの旦那さんが炭火をおこし、バーベキューセットの網の上に羊肉と牛肉と野菜をのせてゆき、焼けた肉を私らに取り分けてくれる。肉を配る男の人をみるとにわかに私は原始人に先祖がえりして、岩穴の中で今日の獲物を男原始人から分け与えられているような気持ちになって、子供の頃、登校前にテレビで毎朝観ていた『はじめ人間ギャートルズ』の影響力をいまさらながらに思い知らされるのだった。そんな夏の午後。足下には蚊取り線香。お腹がはちきれそうなくらい肉を食べた。幸せです。

夏の暑い盛りに肉を食すのが私はとても好きです。沖縄の牧志公設市場の二階の食堂で食べた牛肉とたまねぎを炒めた料理は、んがんがと肉を噛み砕いて飲み込んだあと、炒めたたまねぎを口に入れるとしゃりしゃりとした野菜のうまみがひろがった。汗をかいてよれっとした身体にぐぐっと生きる力がよみがえる。肉はすばらしい。

数年前の夏休み、知人の別荘でバーベキューをしたときのこと。皿に取り分けたがまだ十分に焼けていなかった高級霜降り肉を再び網に戻し、そろそろ焼けるかなーとお皿を空けて待ち構えていると、他の人のお皿には肉が戻っていったのに、どういうわけか私の肉だけ戻ってこなかった。私の肉はどこ……？　眼の前には空っぽのお皿。自分だけ舞踏会に連れていってもらえず掃除を命じられた灰かぶり姫のような気持ちに襲われ、泣いてしまった。私のお皿にだけ肉がのっていないのが本当に悲しかった。そのことを思い出すと、悲しさが今も完璧に、完全なまでによみがえってきてまた泣いてしまう。本当に何度でも泣ける。私の悲しみの回路は牛の胃袋みたいになっているのかもしれない。

こんなことを書いていますが、私は子供の頃肉が大嫌いだった。お正月、松阪牛の本場にある祖母の家へ行くとすき焼き専用の卓とふつうじゃない鉄の鍋がふつうにあった。そこに松阪牛がふるまわれるのですが、肉を食べられない私はそれゆえ毎年祖母の家に行くのが恐ろしかった。食べたふりをして、舌の下に肉を隠し、ごちそうさまをしたあと自分の手さげ鞄の中にペペッと吐き出して、ずいぶん長く保存したりしていた。吐き出した肉をどこに始末したらいいかは考えていなかった。どこに捨てても捨て肉調べの遣いがやって来て、必ず見つかって叱られると思っていた。この愚行は今も顔から火がでるくらいに恥ずかしい。

肉のことで冷静さを失うのは大人の女としてはしたないですわ、と自分でも思うので、おいしそうな肉を目の前にしてもしれっとしている気持ちの強さを持ちたい、と来年は七夕の札に書こうと思います。

【9月某日　引っ越ししたいです】

不動産屋によさそうな間取りの図面が貼ってあるのを見つけたので、ぱっと飛び込む。従業員のS村さんという女の人と物件を見に行くことにする。私は4階から1階までエレベーターで降りるけど、S村さんは非常階段を駆け降りてゆく。エレベーターの戸が開くと、ぜーはーぜーはー息を切らしたS村さんが先に着いていて「お待ちしておりました！」とぺこりと頭を下げる。熱心さに胸を打たれる。

車に乗せられて物件を見にゆく。不動産屋はそういう時よくプライベートな話をもちかける。

「浅生様がこのあたりに住みたいのはどうしてですか？」

「えーと、ずーっとこのへんに住んでるからです」

「いいですよねえ。これは会社にも内緒なんですけど、わたし彼氏といまこのへんに住んでるんですよ。すごく便利ですよぉ。スーパーいっこ無くなっちゃったけど……あっ、この話絶対いわないでくださいね」

「誰にいうんですか、誰にもしゃべりませんよ」

S村さんは茶髪で、リスみたいにちょこんとかわいい女の人。ヒカリモノがごっそりついた服を着ている。羽振りがよさそうだ。靴もシルバーの蛇革で先のとんがったヒールだ。

現地につくと、S村さんが別のどこかまで鍵を借りに行くらしい。雨が降ってきたのにS村さんは傘をささずに走って行った。車の中でひとりS村さんを待つ。ワイパーの音がすーこすーこ。なかなか帰ってこないなあと思ったら、びしょ濡れのS村さんが笑顔で「浅生様！　お待たせいたしました！」と元気よくドアを開けてくれた。豪雨の夜に玄関のドアを開けたらびしょ濡れの恋人が兎を抱いて立ちすくんでいたかのようなけなげさに心を打たれる。営業マンはこうでなくっちゃね！　と思った。

物件は、設備も広さも申し分ないものだったけど、風が通らないじめじめハウスだった。一階で、窓の外は雑草の生い茂った庭がある。草の中にとかげを一匹発見する。それを高い所から狙っている猫も発見する。ちょっとじめじめするかもしれないけど、これはワイルドライフが楽しめそうだとひとり決めこみ、家具の配置具合まで考えて「ここ借りたいです」と申し込む。書類に年収や職種や保証人など書いて手付金を打った。


【9月某日　どうしてなのかしら】

連絡が来て不動産屋へ赴く。そこの大家の人が「会社勤めじゃない人には貸したくない」と断わってきたことを聞かされる。

「浅生様！　申しわけありませんでした！」と南海キャンディーズの山ちゃんに似た店長さんに深々と頭を下げられる。かわいいリスのS村さんも、そこにいる従業員全員がみんな落ち込んだ雰囲気になっている。「僕が責任を持っていいの探しますから!!」今度は従業員全員が分厚いファイルをすごい勢いでめくって、物件確認の電話をかけまくっている。「あのー、いま物件見る元気がないので、またしばらくしたら来ます」と何も見ないで帰る。

【9月某日　今日はおじいさんとふたりで】

あまり行ったことのない町で、知らない不動産屋の前を通りかかる。この町で昔から商売してるようなたたずまいの店。ふらりと立ち寄る。おじいさんに「A町で幾ら幾らこのくらいの広さの賃貸物件を探しています」というのに、F町のぜんぜん狭い物件の図面を見せられる。まったく気が進まない。次に見せてくれたのは、今住んでいるアパートの近くの建物。一度中を見てみたかった場所だ。

おじいさんの車に乗せてもらう。何もしゃべらない。無言で車を走らせる。おじいさんはもう随分身体が縮んできているようだ。ハンドルが大きく感じる。現地に着くと雨だったので、おじいさんを傘に入れてあげる。空き部屋の前に他の住人の生ゴミ袋がのしっと放置されていて、もう部屋に入るまでもないよのお、ふぉっふぉっふぉ、と袖の下の菓子箱をゲットした悪代官のような気持ちになる。けど一応見させてもらう。「ここ広いじゃないですかあ、いいじゃないですか、予算よりにまんごぜんえんも節約できるよお、申し込んでくださいよう」とおじいさんは急にマシンガントークを連射する。「はー、一晩考えます」「考えちゃいますかあ」「それじゃあ私、ここから歩いて帰ります！」とおじいさんを置き去りにする。1分後うちに着く。帰りの電車代が節約できたことに気づく。

【9月某日　妻と温泉に行く山ちゃん】

「浅生様！　そろそろ元気は出てきましたか?」と不動産屋さんから電話があった。こないだ矢吹申彦さんの展覧会を観てたいへん興奮し、それにつられて元気も復活中なので、不動産屋に出向く。南海キャンディーズの山ちゃん似の店長さんが、床がなぜか雛壇状になっている変わった物件などをちらつかせながら、「この広さ、ありえません！」と自信満々に別の図面を広げた。よさそうな部屋。お風呂のお湯もカチカチしなくていい給湯式。車に乗せられて現地へ赴く。

「浅生様は温泉はお好きですか？　私は妻と毎年1回、必ず温泉に行くことにしているんです。安い宿に何度も行くより贅沢な宿にとまってゆっくりするほうがいいなと思うんです」とやっぱりプライベートをからめた話をする。鍵を空けて中に入る。壁が広い！　ここに本棚を置いてください！　と壁が私にいっています。風通しもいいし、窓から大きな木が見える。お向いの家は猫を飼っている。うんと住みやすそうな部屋だったので、すぐに申し込む。申し込みの書類に、今度は店長直々の指導のもと、詳しく、できるだけ立派そうに書く。「勤務先の欄には〝フリー〟じゃなくて〝個人事業主〟と書いてください」。おお！

【9月某日　プロの太い指先】

電話。不動産屋の山ちゃんから本契約の連絡が来る。「浅生様、入居の日にちが決まりました。20日までしか引っ張れませんでしたが」と弾んだ声。20日までって相当がんばってくれたではないですか！　それなら日割りの家賃が少なくて済みます！　山ちゃんかっこいい！　よかった。これでやっと引っ越しができる。契約を終えてさっそく古書現世の向井さんに本の業者縛りを教わる。向井さんは荷造りテープをぐっと手首で押さえて本にまわし、太っとい指でちょいちょいと最後結ぶ。私もその通りに真似するとくっくっと絞れるようになった。こんな技を身につけてどうするのだろう、と思いながらも一本縛りで束ねた本をぶんぶん、部屋で放り投げては積み上げる日々。

トメ子の世界乙女百科

サクラ咲く。

東京にはたくさん桜が咲きますね。皇居の濠や上野公園といった立派な場所だけでなく、駅前の歩道やちょっとした住宅地のあちこちに桜の木があって、春になると桜でいっぱい。

トメ子が住んでいた地方の市には、桜のたくさんある場所は市内にひとつだけでした。満開の季節は集中的に大勢の家族連れがそこへ繰り出します。土曜、日曜に雨が降ると桜を見るチャンスは失われ、「今年はダメだった……」と家族でうなだれたりもします。だから桜の咲いている時期はたいへんに貴重なのでした。

東京は、あちこちで桜が満開になるからどこかへわざわざ見に行かなくても桜を見られます。そのせいかどうかわかりませんが、東京に住むようになってから桜に緊張しなくなったのが不思議。道を歩けば、白いもくもくした桜の枝が視界のどこかにあるので、桜は散るものだということを忘れてしまいそうになります。

トメ子が桜をそれほどまでに好きなのかというと別にそんなことはないです。東京に住み始めた若かりし頃のトメ子は、桜なんて見なくたって平気でした。桜を見てきれいだなって思うのなんて年寄りくさいことだと思っていたもんね。季節のうつり変わりなんて自分には関係ないわって感じ。桜なんてただの花じゃないですか、みんなで集まって花なんか見て何が楽しいんでしょうねえ。桜を眺める暇があったら映画やお芝居を見に行ったほうがいい、なんて思っていた。桜なんてポイポーイ……だったです。

話はかわって、桜の花は花札や入れ墨の柄《がら》や商店街の飾りの造花なんかにも使われて、ちょっと俗っぽいですね。だから、さびしい気持ちの人がわざと楽しくなろうとして、にぎやかにお花見なんかすると、余計にさびしくなるかもしれないので注意されたし。もしかしてお花見の席で、フィーリング・カップル五対五（古っ！）とか、ねるとんゲーム（これも古っ！）などをしてカップルが続々と成立する中、自分だけがまったく無視されつづけるという辛酸を舐めたのちに、「こんなににぎやかなのは、ほんの一瞬の出来事だ」と思うようになったとき、やっとお花見が楽しくなるのかもしれません。

近頃トメ子もだんだん桜が咲くのが待ち遠しくなってきました。夜の公園でお酒や御馳走をわんさかひろげて大勢で桜を見るのもいいですし、平日の昼間、静まりかえった住宅地の桜並木につつまれて空を見上げるのもいいです。そういう時はかならず口が阿呆みたいに開いていています。

黒いこけしを磨く女子・ミヤギ。

みんな大好き〝プレイモビール〟を見ると日本のおみやげ工芸品〝こけし〟を思い出すトメ子ですが、みんなが収集しているプレイモビールも本来は子供のおもちゃ。実はこけしも昭和三〇年代の頃は女子の部屋を飾るインテリア小物だったはずなのに、トメ子が「趣味はこけし収集です」というたびに「それってオトナのおもちゃでしょ、電動でしょ」と必ず揶揄《やゆ》されるのって一体どういうこと？「近代の身体観へのアンチテーゼです、手もなく足もなく」とでもお答えすればゆるしてもらえるのでしょうか？このように、こけし好きの女子が現代を生き抜くことは至難の業なわけですが、とある町に二十歳《はたち》をすぎても〝黒いこけし〟を大事にしている女子・ミヤギがいました。ミヤギの生き甲斐は黒こけしを毎日磨くこと。磨くとだんだん黒光りがして、それをとても美しいと思いました。「いつか人の言葉を話せばいいのに」と祈りながら夜は錦糸で編んだ小さな蒲団で包みました。

そんなミヤギを町のみんなは「いい歳をしてこけしなんかを大事にするなんておかしな

女。恥ずかしくて町の外に出せない」と申し合わせて、ミヤギから黒こけしを奪い取ろうとしました。

「こけしを川に流したら、川底から砂金を得るだろう」と町長が言っても「砂金なら、ほら、こけしの眼の色に」と、ミヤギは相手にせず、「そのこけしを土に埋めれば、金持ちの鰻屋がおまえをめとりにくるだろう」と駅の助役がそそのかしても「鰻ならここにいます」と、こけしを鰻に見立てて水槽で泳がしてみせ、その頑なさで、ミヤギはますます孤立に追いこまれました。

ある夜、ミヤギは黒こけしをつれて神社の縁日へ行きました。電球の光に照らされた射的の屋台に来た時、「ミヤギ、なぜ俺のことを鉄砲で撃った。俺は屋台にいるほうがよかったのだ」と黒こけしが突然人間の言葉を発しました。ミヤギはびっくりしましたが、去年、この射的で黒こけしを狙って撃ち落としたことを思い出しました。絶望した彼女は黒こけしをそっと地面に置き「自分も射的の的になりたい」と屋台のおじさんに申し出て、コルク銃に撃たれて転倒し、台から落ちて死んでしまいました。黒こけしは「俺って愛情線がないんだよね」と言い残して消えました。町の人だけでなく、大事にしていたこけしにまでそう告げられるとは!

こけしを愛する女子がこの世に生き残るコツ、それは志をおなじくする者がきっとどこかにいるはずよ、と信じることしかないかもしれません。大事にすることと何もしないことが同じ意味だという、よくある矛盾と向き合うためにも。

こけしは大きく
伝統こけし、
近代こけし、
商業こけしの3つ
に分けられる。
観光地などで売ら
れる商業こけしは、
戦後大ブームになった
りもした。例えば
昭和44年のこけしの
年間生産額は、
18億円にものぼった
そうです。
From トメ子
こけしの
製作風景

ファンの真髄は心がわりにあり。トシちゃんとハマ子。

突然ですが、みなさんは、誰かのファンですか？　アイドルに心を奪われていますか？　アイドルといえばやはり西城秀樹さんですが、近ごろ「デートの帰りに車で送っていくとの申し出を断り、自分の自転車をキコキコ漕いで帰った」という泣かせる逸話を持つ彼女と結ばれたので、ファンの皆様にとってはヒデキの幸せを願いながらも、ちょっぴり悲しいものですね。

さて、トメ子の高校の同級生、ハマ子についてお話ししましょう。ハマ子は当時「たのきんトリオのトシちゃん」のファンでしたが、学校を休んで「追っかけ」をするなどかなり重症。文化祭の出し物にはクラスのみんなに「哀愁でいと」の演舞を強要。周囲にはかなり迷惑だったのですが、ハマ子の熱狂ぶりに影響を受け、連鎖反応式にトシちゃんのファンになった子たちもいて、ハマ子はその子たちのリーダーとして君臨するようになりました。つまりひとりの女の子の熱狂が何人かを巻き込んでいったのです。

ある日、ハマ子は教室のいちばん前の黒板の前に立ち、「トシちゃん」のレコードをトンッと教壇の上に置きました。そして「みんな、よく聞いて。このレコードの中には、事故死した、トシのファンの子の霊の声が入っている。今からそれを隣の理科室でかけるから、聴きたい人だけ聴きに来て」と、子分を引き連れて立ち去りました。みんなは「始まったよ……」と思いつつ、理科室までつきあいました。みんなでレコードプレイヤーをぐるりと取り囲み、ゆっくりと回転する耳をすませましたが、聞こえるのはトシちゃんの歌う声だけ……。すると、やにわにハマ子とハマ子の子分が「きゃーっ！」と悲鳴をあげてしゃがみこんだのです。「今、助けて〜って声が聞こえたでしょ！」だって！　何も聞こえなかったのに！　しかしそれは心から熱中しているからこそ聞こえる霊の声なのです。ファンの心理はふつうの女子高校生をも霊能者にしてしまうのです。そのうえ期待はずれでがっくりきて理科室を出ていくみんなに向かって、「トシは見世物じゃない！」と叫んだハマ子。自分がみんなを集めておいて……。ファンの心理は疎外感に酔う歓びも与えてくれるのでしょうか。

ところがその年の夏休み、ハマ子は彼氏ができた途端、なぜかそのファン活動をあっけなくやめてしまいました。みんなはほっとしつつも「もう霊の声は聞かせてもらえないのか〜」と、少し残念でもありました。そんな中、おいてけぼりをくってぽかんとしていたのは、ハマ子に影響されてファンをしていた子分だった、ということを書き添えて、今月は筆をおきます。

その後ハマ子は
「わたし、将来
放送作家に
なる!!」と
言い残し、
転校していった
のであった。
fromトメ子

反・ナチュラル派宣言
おかまのミーちゃん。

昔から「人は自然のままの姿がいちばん美しい」という言葉をよく聞きますが、その意味を取り違えて解釈してしまったために、疑うことを知らない素朴な女の子が髪の毛ぼさぼさのまま生きている、という事実をみなさんはご存知だったでしょうか。

トメ子が思うに、「自然のままの姿が一番美しい」という言葉は、学校の定期テストに備えて徹夜で猛勉強しているのにもかかわらず「ぜんぜん勉強してないのぉ〜」と公言して周囲を油断させる技と同じく、そのまま鵜呑みにしてはいけないことのような気がするのです。そりゃトメ子だって映画『スローなブギにしてくれ』のヒロイン・浅野温子のナチュラルぶりに憧れてノーメイクを心掛けたり、野良猫ぶって家の窓から出入りするようにしたこともありましたわヨ。でもそれは浅野温子だからできるナチュラルぶりだし、しかも手のかかったナチュラルなのであって、トメ子の「行儀が悪く化粧もしていないただのズボラな人」とは全く質が異なるものなのです。あーあ、なんておばかさん。

そんな呪文めいた「自然のままの姿がいちばん美しい」という言葉にだんぜん異を唱えたのは、おかまのミーちゃんでした。トメ子はおかまのミーちゃんをとあるテレビの深夜番組で見たのですが、ミーちゃんは化粧はちょっと濃いめだけれど、華奢《きゃしゃ》な身体つきと柔らかなしぐさと栗色の長い巻き毛が三位一体となって、誰が見ても美しい女性の雰囲気を醸し出していました。確かその番組はミーちゃんが、「ずっと彼氏ができない」と悩んでいる髪の毛ボサボサでぬぼーっとした女子高生を男子にモテモテにするべく女らしさの修行をさせる、というような内容でした。その修行の途中でおかまのマーちゃんは、「あんたね、ただの女の身体に生まれてきただけじゃ〝女〟っていわないのよ！」と、核心を突く発言で女子高生を一刀両断！　ミーちゃんかっこいい！　男の身体に生まれてきたものの、途中で女になったミーちゃんがそう言うと、それはもうすごくよく納得できる。なぜなら「男の身体をして生まれてきても、必ずしも男らしい魂が宿っているとは限らない」という性別のギャップを、ミーちゃんは自分で「なんとかしている」と思うからです。

それと同時に「自然」の中にだけ本物の美しさがあるなんて嘘くさーい！「自然」という言葉は自然に耳に入ってくるので、つい「そうだなー」と納得してしまうものですが、「自然」という言葉が意味するものはあまりにも膨大なので、注意深く考えたほうがいいですよ。鵜呑みにすると髪の毛ぼさぼさのまま道に迷って遭難してしまうかもしれませんから。

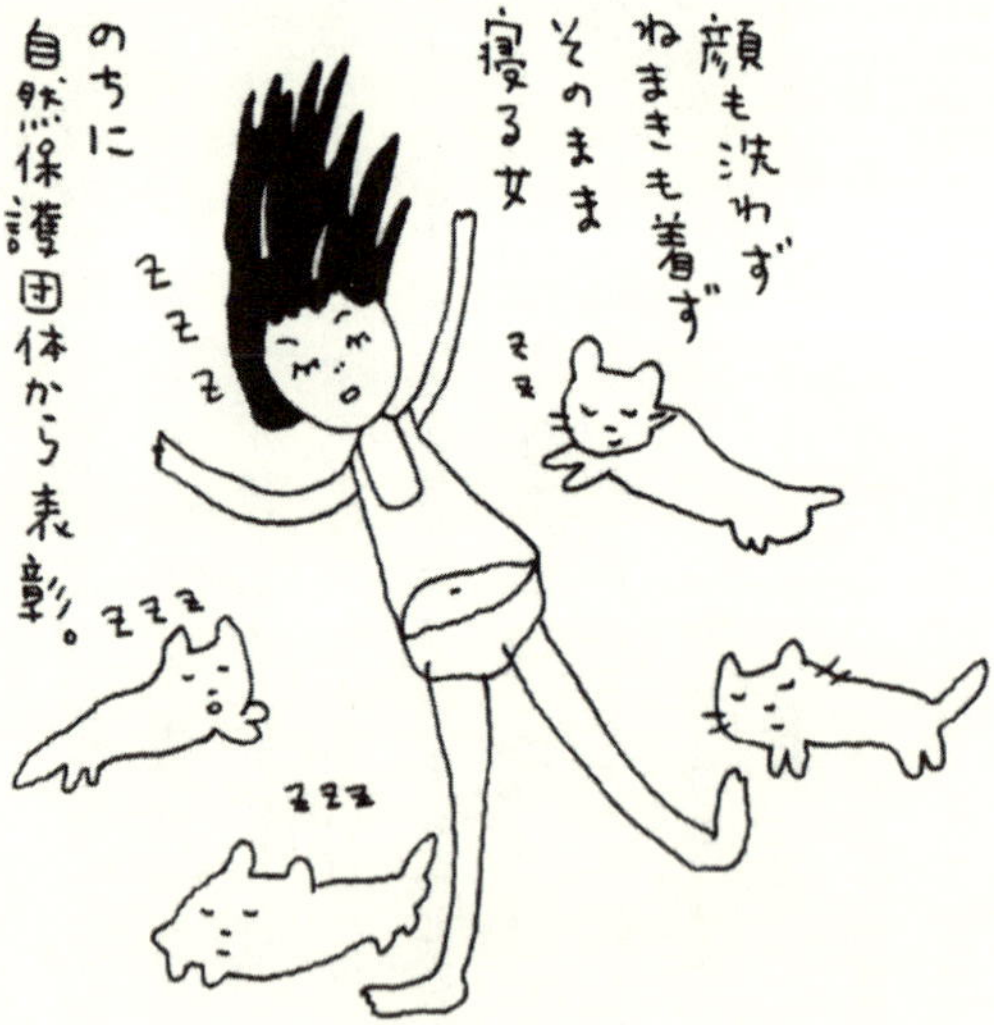

顔も洗わず
ねまきも着ず
そのまま
寝る女
のちに
自然保護団体から表彰。

うんちを捨てる女子
愛犬家・ミチ子。

かつて「都合のいい女」という言葉が流行りましたが、それは「男子にとって都合のいい、なんでも言うことをきく女」というような意味で使われていましたね。ずうずうしいですねえ。そんなアーバンでバブリーでトレンディな流行語をまに受けているインチキな男子と、それに甘んじている怠惰な女子に対するささやかな抵抗として、トメ子の知るかぎり最も「己の都合に都合のいい女」である、愛犬家のミチ子のことを思い出してみましょう。

ミチ子は犬が大好き。柴犬二匹とチンを一匹飼っていて、朝夕は公園での散歩を欠かしませんでした。当然犬は散歩では糞《ふん》をします。ところがミチ子は犬の糞をビニール袋に入れるのはいいけれど、それを自宅に持ち帰らずに公園のゴミ箱に捨てていたのです。しかもビニール袋は無色透明タイプでした。

とうとうミチ子の家に役所の公園課のおじさんが話し合いに来ました。「犬の糞で清掃係から苦情が出てましてて……」と役所の人に家まで慇懃《いんぎん》ぽくいいに来られたら、たいていの人はとりあえず謝ったりするものですが、ミチ子は「犬の糞って言いましたね、うんちと言ってください」とたしなめたあとで、「それじゃあ人間の食べたお弁当のカスと犬のうんちだったら犬のうんちのほうが汚いって言うんですか？」と、無茶な質問を投げかけ、そんな目くらましのような問いに言葉を失った公園課のおじさんは諦めてしょんぼり帰っていきました。その時のミチ子の勝ち誇った笑顔には「私だったら、じゃあ自分の家のゴミ箱に、隣のおじいちゃんのうんちが投げ込まれたらどうしますか？　と聞き返してあげたわね」と書いてありました。おそらくミチ子は、公園のゴミ箱に糞を捨てることは犬を贔屓《ひいき》しすぎていて理不尽だとわかっているはず。そう知っていながら自分の都合を優先させるためにあみ出した舌鋒《ぜっぽう》は田原総一朗でも舌を巻きそうです。すぐさまCMです。

世の中ではそれを「ワガママ」と呼びますね。ワガママを言えば自分が少数派であることを引き受けることにもなり、それはときにきついコトでもありますが、少なくとも他人のわけのわからない都合に合わせなくてもすみます。幼い時から「ワガママはよくない」と教えられて育った長女でA型のトメ子にとっては、ミチ子のことをちょっとうらやましく思えてしまうのです。

数日後、ついに公園課は動きました。なんとゴミ箱入口をベニヤ板で閉じるという公園課のおじさんの暴挙により、ゴミ箱はミチ子だけでなく他の人も使えなくなってしまったのでした。みなさん御苦労様。

ジャーヌとアリンコ。

修学旅行の記念文集。あれは今読みかえしてみると恥ずかしいですね。トメ子が真面目ぶって書いた作文が、重箱の蓋の裏にくっついたお赤飯の小豆のように、一生誰の目にも留まりませんように……。ちなみにトメ子の恥ずかしい作文のタイトルは、「ここはアフリカではない〜サファリパークを訪れて〜」でした。

学校で書く作文は、いかにも作文らしく書くことを重視していたトメ子ですが、そんなことは全く眼中にない自分勝手な文章を発見！　それは同じ文集に載っていた、アリンコの作文です。これは今読んでも非常にかっこいいです。とりあえずアリンコの制服のスカートは超長かった。授業中はわりと寝てた。でも男子にもてていた。

唐突ですが、高野文子先生の『私の知ってるあの子のこと』というまんがを知っていますか？　主人公の女の子・ピアーニがジャーヌの自分勝手さに憧れて、わざとお行儀悪く振る舞ってみる話。みんな誰かに憧れて、その人みたいになりたいと思ったりするものだけれど、天の神様から見ればどの子も可愛い小羊ちゃんだよ、と最後のコマの画角に教えられます。だけど人は地べたで暮しているので、あいもかわらず「新しい私になりたい！」なんて雑誌の特集が組まれているのかもしれませんね。

ピアーニと同じく、やはりトメ子も、アリンコの核心を突くような文章に憧れているわけです。トメ子が何をいったってはじまらないので、アリンコが書いた作文を修学旅行作文集からここに引用して、今月は筆を置きます――。

「豆岡八幡宮」　田中アリンコ

あーあ、豆岡八幡宮なんて、トイレ休憩と同じようなもんだね。あんなしょうもないところ書くことがありませんねぇ。でもがんばろう。豆岡八幡宮へ行って思ったこと。はとがいっぱいいるなあと、なんとおもしろい便所なんでしょう。ドア開けて出ようと思っても出られないの。本当こわかった。トイレットペーパーはないし、もらったけどネ。あたりまえ。あっ、それから吉田先生にもらった銀杏《ぎんなん》苦かった。もうすっごく苦くて、食べ終わってからも口の中が変だったワー。あーあ、やっと二枚目、うれし。あっ、それとあんな臭い銀杏も、まずかったけど食べれるんだねえ。それにあれ、一応は売ってるんでしょ。そういうことは買う人もいるし、食べる人もいるんだな。お金もうけてる人もいるんだな。こう思うとなんか変ですね。なんかおもしろいですね。

【12月31～新年4日】
食卓炎上

大晦日。夕方遅めの時間に猫を連れて実家へ帰省する予定。夜は実家ですきやきをするというのに、冷蔵庫の中のイクラを消費したくて、寿司飯を作ってイクラ丼を食べた。妹が旅支度をして私のアパートまでやって来た。妹にも「イクラ丼食べる?」と勧める。妹は一瞬躊躇したけど、「食べる」と頷く。でもあまり嬉しくなさそう。妹は、私がすでにイクラ丼を食べていることを知らない。だからもしかして、イクラ丼を食べさせてお腹いっぱいにさせて、実家のすき焼きがもう入らないようにする作戦なんじゃないか、と思っているのかもしれない。

新幹線に乗って、名古屋で私鉄に乗り換える。私はその頃にはもう、気持ちが実家モードに変容している。待ち受ける服装チェックと髪型チェックに備えてどこを突っ込まれてもへこまないようにように心を強くする。自然と心が防御モードに入っていることに気づく。私にとって実家へ帰省することは、滝壺へ飛び込みに行くようなものなのです。

実家へ着くと、台所の食卓ではすきやき鍋が燃えていた。せわしない父が、まだ野菜の準備もできていないうちから鍋を熱したので、ちんちんに焼けた鍋に牛脂を入れた途端、白い蒸気がぶわっと、ここはル・マンのコースなのか? と思うくらい砂塵のごとく舞い上がり、それに卓上コンロの火が引火して、炎上していた。それなのに、父はねじが切れるまでは動き続けるゼンマイ仕掛けの人形のように牛脂をのばし続けています。

「お父ちゃんちょっととっ!」と止めさせようとすると、何を思ったか、ふうふうと息を吹きかけ火を消そうとしている。しかしおクドさんの火おこしみたく炎はさらに燃え盛り、テーブルにまで燃え移ろうとしていた。私は咄嗟に父親を突き飛ばしてしまった。妹は沈黙し、母はべつの部屋へいなくなった。私は金盥をかぶせて火を消して、こげた鍋を流しでごしごし擦った。その後は私がすきやき奉行になった。肉をほおばりながら「しょう子、あんまり食べやへんやんか」と母がいうと、妹は「姉ちゃんちでイクラ丼食べた」といった。私は悪気は無かったけど、ちょっとゴメンと思った。私は肉を鍋に入れ続けた。「ハルミンはちっとも食べへんやんか。肉きらいやった?」と母がいう。でもそれは私がすきやき奉行をしているからであって、本当は食べたいんだよう。「あ、そうか」と気づいて父が菜箸を持った。しかし父は、「しょう子、豆腐もう食べられるよ」「これはどうや、しょう子」と、妹の小鉢にばかり具を入れます。私は小鉢を置いて、うつむいてしまった。火を消火したのは私だ。そのあと鍋を復帰させてすきやきを持ち直したのも私だ。妹が「ねえちゃん、もう嫌な気持ちになってきた?」と訊く。「なんで嫌なん?」と母がいうと、私のかわりに妹が「すてきなすきやきの場がここに用意されてへんからや」と答えた。私は泣きそうなのを我慢して、「だって、さっきからお父ちゃんしょう子ばっかり入れて。私にはちっとも……」と訴えてみた。父は「ごめんごめん」といいながら私の小鉢にも肉を入れた。私はその瞬間泣いていた。私は今年40歳です。

母は「欲しかったら自分でちゃっちゃと取りな!」といいながら、かつかつと鍋をかき回した。私は「いままでこういうことをいわずに我慢していた。だからこれからはいうようにしていく!」と妙な抱負を宣言していた。いってからちょっとぼんやりしてしまった。

猫がテーブルの下でナーオと鳴いた。なんだか、こういうこと、前にもあったなあ。私は〝私だけもらえない〟という状況が、このうえなく耐えられないのだと解りました。10歳くらいで気づいておけばよかった……私にとって実家へ帰省することは恐るべき自分探しの旅……。

お寺も炎上

実家のある伊勢街道沿いには、南と北に古びたお寺が1軒ずつある。私が子どもの頃に公文の塾で行っていたお寺と、友達とコーヒー・ビートをわけわけする会場にしてたお寺。どちらもひなびていて、山門なんかも陽にやけて白茶ちゃけていた記憶がある。そのお寺の本堂がふたつとも火事で焼けて更地になっていた。仏像マニアの男が仏像を盗んでその証拠を消すために火をつけたそう。この男、用心深いんだか大胆不敵なんだかよくわからない。仏像が大好きで盗むだけならまだかわいかったのに。

【去年の秋の句会】

生まれて初めて、句会に参加する。

日頃から俳句を嗜んでいるMさんから初心者に句会の手ほどきをしていただくという、「はじめての句会」という催しのお誘いを受けた。私もおっかなびっくり参加してみることにする。

主催者から先に送ってもらった案内には「句会は、社会的な立場を越え、フラットな関係性の中で行なわれます。初顔合わせの人とも、俳句を通じて、自由闊達に話をします。お互いの考えを述べ合うことで、相手のこと、そして自分のこともよく見えてくる。どうやら、そこにこそ、句会のおもしろさがあるようなのです」と書いてあった。句会では、誰がどの俳句をつくったのかを明かさないようにして詠みあげ、いいと思った俳句に点数を入れてゆくらしい。自分の句を詠みあげるときも、そうと悟られないように、しれっとしていなければならないらしい。そんな大人っぽい遊びが私に楽しめるかしら、と心細くなる。

全員の俳句を詠みあげたあとは、各人がいいと思ったわけを述べたり、よくないと思った理由を述べたりもするらしい。また、自分のつくった俳句だけでなく、どの俳句に点数を入れたかということにも、その人らしさがあらわれてくるものらしい。ああ世の中には、自分を映す鏡というものが、なにゆえこんなにたくさん立て掛けられているのでしょうか。以前、陶芸で初めて器をつくったときもそうだった。陶土を目の前にして、頭の中にありったけの美しい形を私は思い浮かべた。にもかかわらず、出て来たものは鉄アレィくらい重いぐにゃぐにゃのマグカップ。私から出て来たものはこれか……と肩を落とし、陶土が照魔鏡のように見えたことを思い出す。

句は、集まったその場で即興的につくるのではなかった。あらかじめつくった句を、当日、配られた短冊に書き写す。「〝秋風〟、〝九坪〟、〝萩の花〟のいずれかの季語を入れた句を、2首つくってきてください」と案内に書いてあったので、どこからどう取り組めばいいやら手探りで、うんうん悩みながらつくった。みんなはどういうのを考えてくるのかなあ。まったく見当がつきません。今回、私は初対面のかたが多いのだ。

素人の私がつくりながら考えたことは、いかにも俳句らしいけど自分とはかけ離れている言葉(干し柿、とか、つるし柿、とか、案山子、とか、赤とんぼ、とか)は使わないことにしよう。五・七・五の音のどこかに、意外性のある言葉を入れたい。だけどあまり面白すぎる言葉は避けたい。最終的には、五・七・五が組み合わさったとき、はっとするような風景があらわれるようにしたい、と俳句を知らない、ずいぶんずうずうしい野望だった。

つくっているうちに、身の周りに見えるもの、感じるものがなんでも五・七・五になってきた。そのうちに、あまたある言葉の中から選び出したものを好きなように組み合わせることが楽しくなってきた。それで、どんどんつくってしまった。つくった中から、これを出そう、これはやめておこう、これはつまらない、これはうけるかも、と選別をして、2首にしぼったうちのひとつを記します。

萩の花髪に飾ったファム・ファタル

いいんだかよくないんだかも解らずに、ま、ど素人なんだし、と思って当日この句をもっていった。

しかし、その句会には子供さんもいる、ということを私は知らなかった。この句を書いた短冊をもし子供さんが詠みあげることになったらまずい、と不安になったけれど、私の隣に座っている男の人の手元で止まったのがちらりと見えた。大人のところでよかった……と安堵した。順番に、作者を伏せた句を声に出して詠んでゆく。だんだん私の句を持っている人に近づいていきて、ついに私の句が詠みあげられた。

そのとき、日頃から俳句を嗜んでいるMさんが、「ファムファタルって何？」と小首をかしげ、誰にともなしに尋ねた。「ね。僕もこの言葉知らない」と詠んだ男の人もいった。その場にいた男の人は、ほぼ全員が初めて聞いたという表情だった。まじですか⁉　ファム・ファタルを聞いたことが無いって一体？

ここにいる人たちはどこの国の聖人の集まりなのでしょうか。それとも私が、ファム・ファタルという言葉が友達同士の会話でなんなく通じる環境にあるこの私のほうが、偏っているとでも？　そんな思いが枯れ野を駆け巡りましたが、ここではまだ自分が作者だといってはいけないのです。正座で痺れた脚を何気なく揉んで、平静を装う。

一巡して作者を明かすときがきた。Mさんが「えー、ファムファタルの句。これは誰です？」と顔を見渡すので、「はい」と挙手した。当然のことながら「ファムファタルって何ですか？」と質問されて、私は全員の前で、子供さんもいるのに、ファム・ファタルとは何かを説明しなければならなくなった。たどたどしく説明すると「そんなのに憧れてるんだ」と隣の男の人が言い、私はそうじゃないというために、「違うんです、そういう女の人に私はいつも負けてしまうほう。でもファム・ファタルは怖い女だけど、その怖いひとが、萩の花を摘んでいるところは可憐な感じがしますよね。でも、それがよりいっそう怖い感じもするし……」と余計な失敗談まで織りまぜて、手をばたばたさせて大慌てで言い訳をしてしまった。他の人はみな、朗らかな中にも少しくすっと笑えるようなのとか、しみじみするようなのを出しているというのに。さすがにMさんの俳句はすっとした美しいものだったりするのに……。私は、ファム・ファタルという言葉を選んでこの場に置いたとき、その言葉がすぐ通じるだろうと信じきっていたことを心から悔やんだ。

そのあと、お互いの感想をひととおり話し終えた頃には、この日初対面だった人からは「ハルミンさんてそういう人だったんだ」とあきれられ、私の句を書いた短冊を持っていた人からは「はい、返す。ファムファタル」と戻されてしまった。句会を始める前はみな、私に柔和な丁寧語で話しかけてきてくれていたような気がするのだけど、終わる頃には私は完全にヘンな人になってしまっていた。トランプのゲームで言えば、平民から大貧民に転落してしまったようなものだろうか（でも私のことを以前から知っているMさんは「今日のはハルミンさん以外の何者でもなかったね」と笑っていた）。この句会の行なわれた2時間ほどのあいだに、私は一体何をしてしまったのでしょうか。おねがい、誰か教えて。この会で私の発した言葉をよく検証して、これから人付き合いをするうえの重要事項にしてゆかなければ、と思った。でもおそらくどうにもならないものだ、とも思った。〝夜、布団の中で思い出して「んあぁっ」と声を出してしまうシリーズ〟の第1位に加わるだろうと思った。句会、もう誘ってもらえないかなあ。それでも楽しかったから、また行ってみたいなあ。

これを書いている今、「はじめての句会」の案内をもう一度読んでみている。

最後の1行に、「みなさんと、思い出に残るひとときを過ごしたいと思います」とあった。うん、確かにそうなった。

【日付けの問題】

伊勢の名物赤福の店が無期限営業停止に決定。ていうことはあの五十鈴川沿いの店の戸は二度と開かないっていうことでしょうか？　がっくり。

肩を落とす。赤福は私の歳時記では冬の季語です。子供の頃からずっと、家族でお伊勢さんに初詣をした帰りは必ず本店に寄って食べた餅。履物を脱いで畳の座敷にあがり、特に席などは無いから地震の避難所の体育館のような態勢で餅を食す。たくさんの初詣客でぎゅうぎゅう詰めで、ゆっくり味わうっていうよりも、親とはぐれてしまいそうとか、脱いだ靴が間違われちゃったらどうしようとか、気が気じゃなくて、あんころ餅を食べるだけなのに慌ただしいことこのうえない。餅は小皿にのって供される。1皿に3個が一人前で。母は食べる前に「3個は多いわ。2個でええ」と顔をしかめて必ずいって、途中で「もうええわ」と放棄して父に食べさせていた。その母のしかめっ面も毎年決まりの行事。そんなことなので子供の頃は赤福は自らすすんで食べたいものではなかったけど、大人になってから、実家のこたつの上にあった、冬の冷気で冷えてすこーし固くなった赤福が思いのほか美味しかったものだから、それ以来好き好んで食べるようになったのである。なのになのに。餅ひとつで思い出すこと山のごとしなのに。

うちは賞味期限に厳しい家だった。とくに父は賞味期限をものすごく警戒していた。豆腐、牛乳、ちくわ、納豆、鶏卵、はんぺん等は食べる前に必ずクンクン臭いを嗅いで「これもうあかん」といい、母は「まだ大丈夫や。あんたええ鼻しとんな」とへらず口で抵抗するも、父の用心深さと胃腸の繊細さのほうが上回る。そのような環境で育ったものだから、いつか私は賞味期限だけは潔癖に守る習慣が身につきましたが、大人になってからひとり暮らしをして、使い切ることができなかったマヨネーズを捨てようとしたとき、「ハルミンは賞味期限に厳しすぎる」とおつきあいしていた男の人がポツリと言って、それでも私はマヨネーズを捨てて、「だって怖いじゃん」とかたくなにい返し、不穏な空気が流れて、そのつきあいも流れてしまいました。もったいないな思ってましたよ。でも食べないに越したことはないって用心深くしていたの。なんというか、それが厳しいと映ったのかもしらん。マヨネーズだけじゃなくて他のことまで厳しく映っていたのかもしらん。何でも用心深ければいいってもんじゃないのですね、えへ。
　そのあと、いろんなことがあって、今は匂いをかいだり味見をしたりして傷んでいなければ期限を過ぎてても食べるようになった。日付けなんて守らなくたってぜんぜん大丈夫じゃないですか！　それでもっておまけにまだ食べられるものを捨てる後ろめたさからの解放！　なんて自由な心持ちなんでしょう。私はいつのまにか賞味期限に対して血液型がA型からO型に変わったみたいに大らかになってしまいました。何がいいたいのかというと、それだから、できれば私にだけは赤福の本店の戸を開いてほしいです。私のお腹の中はわりかし食品衛生法の治外法権ですよ。ひきつづき赤福の動きを見守ってゆきたい。

赤福に捧げるレクイエム

餅にあんこをのっけて
波形のすじをぺったんぺったん
箱にそっと並べます
それをするのは
奈良の山奥から宇治山田に来た
中学出たての娘さんたちなのですよ
というドキュメンタリー番組を
観ましたよ（ずっと前だが）
朝な夕なに
あんこにすじをつけるお仕事
かわいい仕事
黒いタイツをはいていた
でも娘さんたちはもういない
餅ももうない
五十鈴川は今日もながれる

3

過剰な乙女文化

——『まんがの逆襲——脳みそ直撃、怒濤の貸本怪奇少女マンガの世界』唐沢俊一監修（福武書店）

子供のころ、クラスの女子人気ナンバーワンになる秘訣は、何はさておき〝お姫様の絵〟を描くのがうまいか、ということだった。ではどういう絵がうまい絵かというと、

◎目の奥には星
◎鼻の穴がない
◎レースのフリフリがとにかく多いドレス
◎プードルお散歩中なのにバラの花束を持つ
◎指先を繊細にそつなく（超・難関）

というようなことです。ディテールです。

そんな人間、現実にはいるわけないのに、〝お姫様〟というとみんながそんな絵を描いてしまいます。優美さを通り越して悪趣味にすら思える過剰な乙女っぽさです。ちょうど、「外国人から見た日本人」って、過剰なオリエンタリズムでなんかへんーって感じですが、それに近いような〝お姫様〟像だと思います、あの絵って。〝お姫様エキゾ〟っていうの？なんかそんな感じ。

ま、そんなこんなで、たいていの女性は、そういう、〝お姫様〟の絵を上手に描けるかどうかという幼少期の関門をくぐりぬけて、今日に至っているわけである。エヘン。

ところでこの本は、貸本屋の怪奇少女マンガを復刻したもの。最近は過去の名作マンガの復刻版が軒並み刊行されてるけど、こんな知る人ぞ知るというか、だれも思いださないようなB級C級D級の怪奇少女マンガを復刻するなんて、監修者の唐沢というひとは偉いと思います。関門をくぐりぬけた女性にぜひ読んでもらいたい本です。ここには恋愛と怪奇、出生の秘密と怪奇、闘病と怪奇、飼い犬の忠誠と怪奇、金持ちと貧乏と怪奇……など、苦しいけれどなんか甘い気持ちになっちゃうような、しかし今の少女マンガにはないとびきりのチープさと悪趣味さとおそるべき無理矢理なストーリーが展開されています。

私や友人は、それをギャグとして読んで大笑いしましたが、当時の少女たちはマジメにこんなマンガのヒロインを憧れの対象にしていたのかと思うと……考えるだに怖いですが、今テレビでやっている過激派ドラマやレディースコミックだって、考えてみれば似たようなものなのかも。

「私って〇〇〇な女だわ♡」っていう精神構造って、普遍的な感じがしますもんねー。女性文化の空恐ろしさを、あらためて痛感しましたわ。

男らしさとウンコの話

――『深沢七郎の滅亡対談』深沢七郎（ちくま文庫）

男のロマンといえば「屋根裏部屋は秘密の隠れ家だ、俺は少年の心を持つ男」だったり、「父さんはな、昔、飛行機乗りになりたかったんだ」だったり、「自然と酒を愛する男」だったり、「ルイ・ヴィトン、それは旅の心」だったりするものですが、そういった男のロマンって、なんか、かっこよすぎてかっこ悪いと思います。なんか嘘っぽいしー。

では、かっこいい男のロマンすなわちダンディズムって一体なんでしょうか。それは、私が思うに、「ウンコの話ができること」だと思います。汚いですね。今や、C・W・ニコルみたいな人に男のロマンを見る人はいても深沢七郎みたいになりたい♡と憧れる人が稀《まれ》なのって、汚さにブロックされて、その奥のダンディさに気がつかないんだわ。彼のウンコの中にはダイヤモンドが隠されているというのに。

この本は深沢七郎対井伏鱒二、山下清、白石かずこ、芸者さん、地方公務員、踊る教祖といった幅広いジャンルの人たちとの対談集です。

私は深沢七郎という人は過激の人だと思い込んでいたので、例えば『風流夢譚《ふうりゅうむたん》』の筆禍事件まわりのハードな内容だと思いきや、さにあらず。東京の人口は多すぎる話、へびがこわい話、早く寝て、早く起きる話、同じことを何人もの相手に話すなど、まるで茶飲み話です。その中でも、竹中労との対談でのおしっこマニアの話は圧倒的にくだらなくて味わい深い。女性のおしっこを飲むことに命を賭けてるその人は、街ですれ違っても、バーで横に座っても「ああ、あの女性のおしっこはおいしいだろうな」と思うと絶対に飲んじゃう。その彼が一番ぐっときたのは、女性が「温かいのは恥ずかしいから」と、水道で冷やしてくれた時だそうです。

内容がない。時事性も装飾性も屋根裏部屋も飛行機もルイ・ヴィトンも何もない話。そこにあるのは魂と魂のつかみ合いだけです。そんな茶飲み話こそ、その人のダンディセンスが問われるのです。

「何かについて語らない男」。それが深沢七郎の男のロマンなんじゃないかなと思いました。尾籠《びろう》な話ですみませんでした。

空白をうめないとき

──『第七官界彷徨』尾崎翠（創樹社）

私は尾崎翠をKさんから教えてもらった。よく覚えてないけどKさんと私の会話の中で、はじめて尾崎翠の名前を聞いたのです。

その時は尾崎翠そのものよりもKさんの言う「心の琴線にふれる瞬間」という言葉が、ずっと頭の中に残っていて「それって具体的に言うとどんなこと?」だとか「私はKさんにそういうことしたことがありますか?」だとかKさんを質問ぜめにして困らせてしまったのだった。だけど私は尾崎翠のことよりもKさんのほうが好きだったので、それに加えてKさんは三〇半ばにして総白髪という、珍しい風貌の男性であり、私はそーゆー人が超好みのタイプであったので「え、私、Kさんの言ってる意味がよくわからないわっ」とパニック状態だったのです。

あ、すみません。尾崎翠のことでしたね。

尾崎翠の作品は映画っぽい。識者は、「当時の新しいジャンルであった〝映画〟がダダイズム、表現主義の絵画、文学などにおとらず、尾崎翠の関心を惹いていたことは疑いない」とか、「チャップリンを自分の〝神〟の一人に選んでいる」とし、尾崎翠と映画の強い関係性を指摘しています。それに私の友だちのチホちゃんも「尾崎翠の小説って、吉本ばななみたい。少女漫画の原作みたいじゃない？」といっていました。ふむふむ。

吉本ばななのような、少女漫画のような、映像詩人のような、こう、断片的なという点は確かにそうだと思います。しかし『第七官界彷徨』をもし、誰かが映像化あるいは少女漫画にするとしたら、「こやしの臭いの烈しすぎる夜」をどのように描くのか、興味駸々堂書店、あ、すみません。興味津々です。咲きほこるバラの匂いは誰にも描けそうだけど、こやしの臭いをどう描くか。センスの問われるところだと思います。

「匂い」や「音」「ふとした感じ」「空白の部分」、「沈黙」。そういう定まらない、何も無い状態をどう表現するか、うっ、表現できない。尾崎翠にしか。人の五感を超える第六感、それをさらに超える「第七官界」って、そういうことのような気がします。

あらま、そうだったのね。Kさん。脈絡のない会話や、あまり劇的な出来事もない関係ではあるのだが、「空白をうめないとき」をよいと感じてしまう。そんな時間、何度読んでも手がかりのないこの本を、また読みはじめてしまうのでした。

お茶の間と性生活
――『愛』謝国権（池田書店）

子供の頃、家族旅行の道すがら、国道沿いのまるでベルサイユ宮殿のような、今でも憶えてる「亜湖」という屋号のラブホテル。それとは知らず「わー、お城だ。今日はあそこに泊まりたーい」と親に駄々をこね「ダメダメ、あそこは新婚さんが泊まるところだよ」とたしなめられたり、「ま、課長さんたら、今朝も大あくびよ。さすが新婚さん」と職場で茶化されたり、といった「新婚さん＝夜が忙しい」的なイメージはもはや私の親の世代、えーと五〇代以上の人の話でしょう。あー空が曇ってきたなぁ。さっきまで晴れてたのに……といいますのも今日は四月五日、妹の誕生日。私が生まれて六年のちに妹が生まれた。父と母は私が寝ている隣で妹をこしらえた。夜の営み……家庭とセックス……生活感のある性生活……。

すいません勝手な話をして。この謝国権の『愛』に載ってる態位のポーズをとっている

カップルはどちらも女性で厚手のタイツに室内履き。とても生活感に溢れています。目は宙をおよぎ、ちょっとものの哀しい（特に男役のひと）。あと小道具も哀しい。天狗やおかめのお面、花ござの上には何げなくクマのぬいぐるみ。背景には荒々しい筆文字で「寿」。これらがお茶の間と性生活をつないで、今では冗談としか思えません。だけど結果的にその感じが余計にやらしく感じられるのは「生活感」ということが、今や幻想の産物となりつつあるからかな、って感じ。

ちょっと試しに、当時の書籍から「初夜の心得」をみてみましょう。

◎妻は前開きのネグリジェで。夫は緊張緩和に少々のお酒も可。最初からお風呂に一緒に入るのを強要しないのがエチケット。

◎用意するもの。ガーゼの手拭い、気つけ薬とマーキュロ、バスタオルにビニールシート。え、ビニールシート？

他にも「明日のおつとめにさしつかえない態位。痩身肥満のカップルのための態位。子供がほしいときの態位。妻のはじらいが少なくてすむ態位」等々、あくまでも生活本位のスタイルです。旦那様がお出かけになったあと、若奥様はこれを見て一人レッスンに励んでいたのでしょうか？　ただただ旦那様に喜んでいただくために。昨今はレディースコミックやトレンディドラマのように、なんか御都合主義のファンシーな性愛劇が横行しているだけに、こういう本が逆に奥ゆかしく映ります。

性交したからといって必ず結婚するとは限らない今日このごろ、皆様いかなる性生活をお送りでしょうか。今回は手元にあります性の指南書をもとに、古きよき性生活のことを書こうと思ったのですが、性交についてわけ知り顔で語るには、わたくしなどまだまだでした。

カメラの眼

――『遊覧日記』武田百合子（ちくま文庫）

「子供に聞かせたくない話がある時は、早くお休みなさいよ、寝坊するといけませんからなんて言うと、子供は意地になって寝ません。子供にしてみれば自分が寝た後に何かおいしいものを食べるんじゃないかという疑いをもちます。そこで狸寝入りをするでしょう。親馬鹿で子供が寝入ったと思って話したことを、学校に行って子供が放送いたします」と、「愛児を賢くする急所と秘訣／婦人倶楽部三月号付録」の人もいっているとおり、子供は見聞きしたことをそのまま人に伝えてしまいます。昨日のうなぎを梅にしたことも、うっかりいわれたら次の日大変です。

武田百合子さんは、見聞きしたことをそのままのように書く人です。それをかつて種村季弘さんは「大人の分別に汚されていない、コドモの金無垢の言語感覚」といっていましたが、え？　ホントー？　その当時六二歳だよー。あらま、すみません。コドモっぽさは年齢にくくられるものではありませんね。

私は武田百合子さんの「見たものそのまま」は、「子供の眼」というよりも、むしろ「カメラの眼」だと思うのです。「子供」は見たことを取捨選択しないでそのまま口にしますが「カメラ」はシャッターチャンスを狙います。その状況とタイミングが、計算されたもうひとつの現実をうつすからです。

大変気張った俳句の席で、

「(前略) 上等そうな銀色の着物に銀色の帯をしめた中年過ぎの人が、石畳につまずいたかして、つんのめった。(中略) 頭骨と石畳がぶつかって、ごっとんという音がした。それから手帳を握ったままごりごりと石と髪の毛がこれす合う音をさせて、頭だけで全身を支えて擦っていったが、とうとう最後には力尽き着物と帯の部分も地面について、平たくなった」

武田百合子さんは動かない。じっと見るだけ。

『ことばの食卓』では朦朧とした老女の話、『富士日記』では毎日の献立《こんだて》。着物の人も、夫も、ペットも、物も、食べ物も、武田百合子さんは均等な視線でカメラのように見つめています。見つめられたものはみな静止し、書かれることで少し遠くに行ってしまう。ちょっと恐い感じもする。

でも娘さんのことだけはちょっと見かたが違うような気もする。そこで私は、少しだけほっとするのですが。

女のハイテク？

——『女のハイテック』高橋公子（住まいの図書館出版局）

欲しい本が何冊もあるのに、お財布が空っぽで、迷ったあげくあきらめたほうがあとから余計に欲しくなるという体験は、みなさん幾度もおありのことでしょう。

先日、渋谷のN書店に入ったとき『サトウハチロー詩集』と『女のハイテク』という本を見つけました。迷いに迷った結果、中原淳一の装画もついていたので、サトウハチローを買って『女のハイテク』はあきらめました。それからの毎日は「でも何だったのだろう。女のハイテクって。私が読むべきは本はサトウハチローではなく、女のハイテクだったのかも。女のハイテクしかない」と思いは募り、お腹をこわして何日もご飯が食べられないとき、テレビ番組の司会者の前に置かれたオレンジジュースに目がくぎづけとなるような、異常な渇望感にさいなまれました。

女のハイテクとは、私が思うに、

◎ハイテクは男の子用。女とハイテクは通常あまり親密ではない。
◎もしハイテクなモノを使うとしても、説明書は最後まで読まず、自分ならではの使い方で使う。
◎しかし、ハイテクといえばホットカーラーだ。温度はやはり六〇度はないとカールが保てない。雨の日はさらに八〇度に上げる。
◎炊いたご飯をジャーに入れておくと四時間はあついご飯が食べられる。
◎でも最近は、お釜からジャーにご飯を移さなくても、お釜とジャーが合体しているのでとても便利だ。
◎らせん階段をのぼるとき、なるべく渦の中心をのぼるようにすると、インコースで楽。
◎お風呂のとき、湯ぶねにつかりながら水道の水を飲むと、ああ人間の体は管なんだなあと実感できる。

女にとってのハイテクは、本来の使い方と少しはずれたことにあったり、ローテクなものをちょっと工夫して昇格したようなものだったりして、ファジーやニューロやバーチャルとは異なる魅力があるものだと思っていたので、きっとあの本にもそういうことが……

と想像をめぐらしたのですが、たまたま友人が手に入れた件《くだん》の本を開けてみたら、それは『女のハイテク』でなく『女のハイテック』というタイトルであり、「女性建築家から見た住空間」といった内容でした。「家の中でスリッパの脱ぎだまりはどこにできやすいか」という項があり、そういえば私の祖母は階段のふもとでいつもスリッパを脱いでいたことを思い出しました。

こわがり隊出動

——『磨かれた時間』中井英夫（河出書房新社）

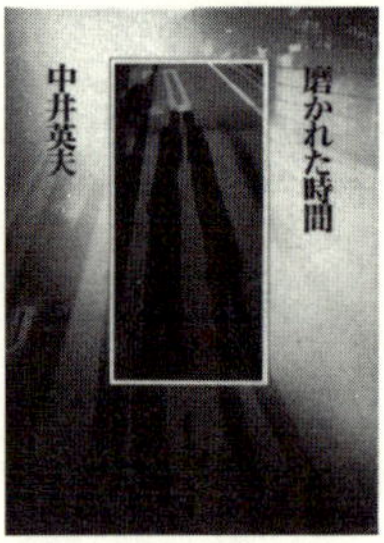

たとえば自分の部屋の天井に、小さな穴があいている。どうしてあんな所に穴が？と思いめぐらせる時、そういえば最近、新聞受けから新聞盗まれたし、家の前の通りで交通事故続けて起こったし、向こう三軒両隣、全て「中村」同じ名字だし、隣の犬が吠えてやまないし、わあ、私の周りでおかしなことばかりおきている……。

みなさん、これは誇大妄想とか、被害妄想だとか思われるでしょう。違います。「こわがり隊」なのです。「こわがり隊」が出動すると、あちらの怖さとこちらの怖さがドッキングして怖さ二倍。二つの怖さには何の関係もないし、もちろん犯人も存在しません。「こわがり隊、こわがり隊」と思っていると、自分が何やら恐ろしいミステリーの渦中《かちゅう》にいるかのような気がしてくるのです。そういえばお母さんが「かさじぞう」の話を聞かせる晩は、必ずヒューズがとぶ。もしかしたら家の軒先で、かさじぞうが電気をチューチュー吸っているのではあるまいかと思った怖がりの友だちがいましたが、そんな謎ときにもならない話はさておき、今回は中井英夫さんのことを。

私がどうして「こわがり隊」のことを冒頭で書いたかと申しますと、中井英夫さんの初期作品『虚無への供物』は〝犯罪のない探偵小説〟といわれているからです。東京五色《ごしき》不《ふ》動《どう》の目青不動と、青薔薇と、謎の放火事件を暗号に探偵小説をしたてるとは、なんと優雅な「こわがり隊」なのかしら、と思ったのでした。もし、それを今の東京になぞって書くとしたら、茗荷谷から新大塚にかけての界隈、小鳥屋と、焼鳥屋と、はく製屋と活版印刷屋と蔵の画廊のならぶ通りの辺りかしらん。

ところでこの『磨かれた時間』は、最後のエッセイということで、一九八六年以後に執筆された文章が集められています。江戸川乱歩のこと、短歌のこと、田端文士村のこと、薔薇のこと、テレビジョン俳優のことなどが収録され、最後のあとがきにいたっては、中井英夫さんの助手の方の編集後記となっていて、「まあ、今どき〝助手〟とは優雅ねー」って感じ。以前、編集者をしている友達が、映画『帝都物語』のことで何か原稿をと羽根木のお宅に訪れたときにも、助手の方のいれたお茶を「薄いねー」と湯のみから急須にもどしていたとか。こんなことさえ優雅に感じられるのは、中井英夫さんのあの風貌や、建石修志さんの挿画や、庭に植えられているという沢山の薔薇のせいかもしれません。

古本相談室①

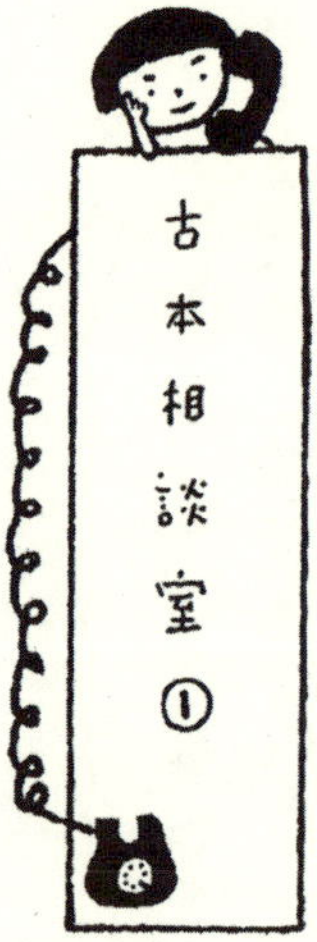

◆O・Mさま（25歳・女性）

Q ハルミンさん、こんにちは。いつも『彷書月刊』拝読しています。最近気になることがあります。古本屋さんに行くと店主のおじさんが鼻歌を歌っていたり、奥さんと夕飯のメニューを決めていたりと思わず聞き耳を立ててしまうことがあります。このようなことはほのぼのしていて嫌いではないのですが、気になってしまい本棚に集中できず本末転倒ぎみになってしまう最近です。ハルミンさんはこのようなことに出会うことはありますか？　気になりすぎるということはないのでしょうか。

A 古本屋……、それは人と人とが銭と本を交換しあう「商店」という公の場所でありながら、草履を脱いで一歩踏み込めば家族だんらんの「茶の間」という私的空間をも内包する、いわば『8時だヨ！　全員集合』の舞台セットにも似た多目的空間のようなもの……と思う私は、子供の頃いちどでいいからお店屋さんの子供になってみたいと思ってました。だから、そういう間取りの古本屋さんに出くわすと、その頃の気持ちがよみがえって少し懐かしいです。

しかし、そんな甘酸っぱい気分は、ある日、とある一軒の古本屋さんによって大きく揺るがされました。

その店は、お店の容積いっぱい詰まった本に、すべて同じ値段がついているというやる気のなさが漂うお店だったのですが（安く均一にしてさっさと本をさばく合理的な販売法とはどう見てもちがう）、先日、ひさしぶりに行ってみましたらお店はすっかり改装されて、古本と中古雑貨を売るリサイクルショップに変わっていました。中へ入ると古本売り場は店の4分の1ほどに縮小されており、ほんの数冊、なぜか地べたにじかに置いてあった。しかも、微妙に高額な値段のまんが本が5、6冊これ見よがしに置いてあるだけなのでした。ショップスペースと地続きの和室で息子さんらしき大柄の人物がパソコンを覗き込んでいるけれど、あれはもしかして値段を調べていたのかしら……。

　古本コーナーはすぐに見終わってしまい、リサイクル雑貨コーナーの湯のみセットとか螺鈿の壺とか日本人形のごちゃごちゃした中から、可愛らしいこけしをひとつ見つけて買おうとしたとき、その息子さんらしき人物が突然大声で、店番をする母親らしきおばさんをなじり始めました。その声はどんどん大きくなって、だんだん泣きと脅しと興奮が加わり、これまでの自分の半生を憂い、物を畳に投げつけ、おばさんは縮こまってばつが悪そうでしたが、私が手渡したこけしのお金はささっと受け取られ、「包むもの要る?」と、べつだん、うろたえる様子はありませんでした。このおばさん、慣れているのだ、と思いました。

　おだやかな日曜日の午後、本に誘われて出歩くつもりが自分の意志とは無関係に他人の家庭の事情にうちのめされて「今日ははずれー」としょんぼりしてしまうこともありますが、次に入った古本屋さんでいい本が見つかると、そっこく「あたりー」に変わります。こんなふうに幸せと不幸が予測のつかないバランスで同一線上に乗っかっているところも、私が古本屋さんめぐりをやめられない理由のひとつかもしれません。

　それよりむしろ、自分の家の本を買い取ってもらうとき、自分の部屋の中に古本屋さんが入ってくることのほうが緊張します。古本屋さんが男性だったりすると女である私の緊張はマックスに達してしまいそうですが、みなさんは、そのあたりいかがお考えなのでしょうか。それでは失礼いたします。

憧れのくノ一
――『くノ一忍法帖』山田風太郎（角川文庫）

小学生の頃、教室で配られたアンケート用紙の「将来、何になりたいですか？」の解答欄に「くノ一」と書き込んだ私が、その当時、一番好きだったテレビ番組は『プレイガール』と「由美かおるが出てる番組」でした。共稼ぎで父母がいない夕方の四時頃、テレビでは他にも刑事モノ『大追跡』や『Gメン』の再放送が放映されていて、それぞれに「紅一点」はいましたが、しかし、長谷直美や志穂美悦子が人質にされたって、ちょっとボーイッシュすぎだったり、筋肉質だったりするので、いまいち物足りなく、私の希望する感じとは違っていたのでした。

使命に燃えた女スパイやくノ一を応援しながらも、本心では「もっとひどいめに」と願っていたのは私ひとりではないでしょう。

そんな私の憧れの女性像「プレイガール」も、少なからず影響を受けたかもしれない

『くノ一忍法帖』は、徳川家に祟るために豊臣家の跡継ぎをお腹に宿した、五人のくノ一が、復讐の鬼と化した千姫の侍女となり、ともに伊賀の忍者に挑むという忍法合戦モノです。ここに出てくる忍法は

◎信濃忍法―天女貝
◎吸壺の術
◎忍法―筒涸らし
◎忍法―やどかり
◎忍法―夢幻泡影
◎忍法―羅生門

などなど。忍法とは、水とんの術だけではなかったのですね。「あ、くノ一が危ない！」と思いきや、相手もろとも巻き込む死に際の壮絶さは、まるで「一休さんのとんち」のように、あ、すみません。「江戸川乱歩の謎解き」のように痛快です。あー、こんな面白い読み物があったなんて知らなかった。これらの忍法が、どんなに荒唐無稽で奇想天外で面白いかは読んでみてもらうしかありません。こんな忍法を考え出す山田風太郎という人は

本当にすごいなーと思いました。

くノ一たちは、一体どんな訓練を受けているのだろう。今、忍法筒涸らしは、どんな場面で効果的なのだろう。私はどうすれば『プレイガール』の松岡きっこみたいになれるのかしら。フェミニズムの人が聞いたら、「きーっ、なんざますーっ」と怒られそうですが、「果敢に戦っていさぎよく死ぬ」彼女たちには計算高い強さとか、ま、そういったものはありません。健気に敵に挑む姿には哀しささえ感じます。そんなくノ一たちを、私はなぜかうらやましく思えてしまうのです。

自分まみれの青春

——『戦中派虫けら日記』山田風太郎（未知谷）

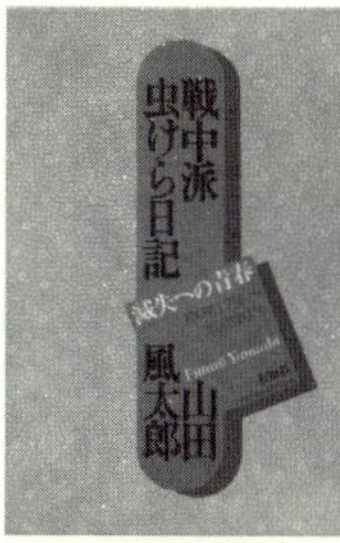

むかし、自分が書いた日記を、今になって読み返してみるのは、超恥ずかしいものです。私の場合、中学・高校時代の日記が特に恥ずかしくて「藤竜也、最高!! 横浜にいけば竜也に会えるかも」とか、父に「おまえは今日から日生学園（超スパルタの全寮制学校）へ入れてもらえ」と叩き起こされ、早朝に家から連れ出されたことなどが、大真面目に書いてあるのでした。

あらま、私はすっかり大人のはずなのに、たとえば『女性自身』の表四の十仁病院の広告に「整形前・整形後」の自分の顔写真が載っているのを発見した時のような、鏡に顔をぶつけてもう一回手術しなおしたくなってしまうような、昔の自分と今の自分はすっかり別人のはずが、本当は今でも人格の奥底ではつながっているという現実が「超恥ずかしい」理由なのではないでしょうか。

「滅失への青春」というサブタイトルがついた本書は、昭和一七年から一九年、山田風太郎さんが二〇歳から二二歳に至る三年間に書いた日記を復刊したものです。ここに記されているのは〝自己の発見〟や〝将来に対する不安〟〝旺盛な食欲〟〝女に対する嫌悪感〟などなど。中には、「自分は、自分のような少年を育てる運命を持った人々に満腔の同情を覚える。いま、じぶん《ママ》の周囲の人々は、どんな人でも自分を愛してはいまい。また愛することもできまい。しかし自分は、そのような点に悲壮な誇りを覚える」というような〝自分まみれ〟の記述もあって、私は「わお！　青春真っ最中っ」とちゃちゃを入れてしまうのでした。まるで高校生の時の私を見ているようで恥ずかしくなってしまって……あ、すみません。山田風太郎さんと私を同一視するなんて。

でも、一九九一年に出版された随筆集『半身棺桶』では、自分のことを滑稽化したり、ずぼらだったり、大らかだったりして。また、『戦中派虫けら日記』では自分の死を「永遠に美しく冷たい湖の底に沈み去るだろう」とあったのに対し『半身棺桶』では「できれば、滑稽な死に方をしてみたい〈脂漏性湿疹〉」といったりしていて、山田風太郎さんは、もう昔の自分と対面しても恥ずかしいとは思わず、ゆるがないかっこいい人なんだなと思いました。

ちなみに私の父は現在五五歳のサラリーマンですが、今でも「俺は大器晩成型だ」といい張っています。何とかしてほしいです。

新本と古本のあいだ
――「カラーブックスシリーズ」（保育社）

渋谷を歩く若者一〇〇〇人に調査したところ、若者の「カラーブックス」に対する関心が予想以上に高まっていることが判明した。というのはウソで、

「あ、あれね。どこの家にもあるやつ。横位置にするとLPレコードと同じサイズになるのもあってさー、それってレアアイテムなんだよねー。え、違う？　カラーブックスって何ですか？」

このように「カラーボックス」と間違える人もいるくらい「カラーブックス」はお父さんの本棚やお茶の間の茶だんすの隅に追いやられている本なのでした。

それでも「カラーブックス」は続々と新刊を出していて、現在のバックナンバーは八六七巻を数えています。恐るべし、「カラーブックス」。そのシリーズのテーマにはどのようなものがあるのかというと、例えば『こけし』『古城とワイン』『マジック入門』『グッ

ピーの魅力』『洋菓子天国KOBE』『仏像―そのプロフィール』などなど、まるで土曜ワイド劇場の再放送を昼間見ているような半日ずれたテーマがほとんどだったりして、洋酒ミニボトル収集がステイタスになっていた「一人一趣味」時代を彷彿とさせます。そして、街の新刊書店が、「カラーブックス」の棚のところだけ古本屋になってるような気がして、古い物好きの私を夢の世界へ連れていってくれるのです。

何をいいたいのかというと、つまり私は、「カラーブックス」は「新本と古本のあいだの書物」といいたいのです。皆さん、一度「カラーブックス」を開いてみてください。わお、素晴らしくレトロなビジュアルセンス！ 第一二五巻の『ペット・その種類と飼い方』では、どうみても剝製にしかみえない猿や、ペットを抱く飼い主のズボンのファスナーがバッチリ開いている写真。晴野ピーチク・パーチクが司会するテレビ番組の場面に「リスモンキーとクモザル君」と脚注がついていたりして、「趣味の世界」は懐が深いなあ、と感動することしきり。最後についてる目録ページにいたりましては、「読むから見るへ前進した、カラー時代の新しい文庫」というキャッチコピーも素晴らしい。もう誰も「テレビ」のことを「カラーテレビ」とはいわなくなっているというのに。

そういうわけで「新本屋を古本屋かと思わせる本・カラーブックス」的なものとしては、他にも『暮しの手帖』、「リッツの箱の裏のリッツパーティーの写真」、「目黒・服飾洋品マツヤ」などがあげられます。

あ、ちなみに「カラーブックス」の最近刊のテーマは『中国茶の世界』だそうです。ちょっといいかも。

あの世とこの世のあいだ
――『霊感少女入門』王麗華（実業之日本社）

女の子にとって「入門シリーズ」は「女の子らしさの指針」がふんだんに指し示されていて、自分がそれとかけ離れていると心配になったり、逆手にとってボーイッシュにでてみたりして、一一、一二歳の女の子にはものすごく影響力がある本なのです。このシリーズには『おしゃれ入門』『少女まんが入門』『手芸入門』『少女入門』等があり、なかでも『少女入門』はティーンの女の子の生活習慣が具体的に書かれていて夢が広がる。一週間の献立や、放課後の過し方まで、さらに第二次性徴のことまで詳しく説明してたり、朝食はフレンチトーストとミルクとグレープフルーツだったりして、「フレンチトーストとは何か」と母に質問したら「知らん」といわれて、私の「女の子大作戦」は早くも作戦失敗の様相を呈しているのでした。

そんなフレンチな話はさておき、今回は『霊感少女入門』です。「霊感少女」ってその昔テレビに出演した、お母さんに局に連れてこられて、大人の世界のことをなんにも知らないのに次の総理大臣の名前を当てたりして、俗世間とあの世のあいだの生きもののような感じがしませんか。

そういう少女になるってことを一体どうやってマニュアル化してるのだろうと思って古本屋さんで見つけて購入。

するとこの本には「清らかな心」になるための方法がこと細かく、神秘的なやり方で展開されていて瞑想《めいそう》とかハンドパワーとかおまじないとか、えてしてこけおどしになりがちなアイテムが「清らかな心」＝「霊感少女」になるための近道だとされています。

「天女の霊感美容法」というページにあった「天女の七つ道具」にいたってはイヤリング、くし、ベルト、ハンカチ、手鏡、コロン、マニキュアなど、女の子の身だしなみにとっては当たり前のものが物物しく挙げられています。「45の御言葉集（天使からの）」にしても「貧に強く、ぜいたくは遠く」とか「自然は神です、生命です」とか、あたりまえのことばかりなんですよ。どうみても道徳の本ですね。

だから「霊感少女」という投げかけをしてるけど、精神を向上させる、いわゆるポジティブ・シンキングの本、というわけです。

それにつけても著者の王麗華先生という人は、どこの国の人なのでしょうか。わたしには日本人のようにも見えます。それと、なにゆえ女性占い師は過剰なファッションに走ってしまうのかも気になります。あの世とこの世のあいだを生きているからかな、やっぱり。

わからないからかっこいい
──『春は鉄までが匂った』小関智弘（現代教養文庫）

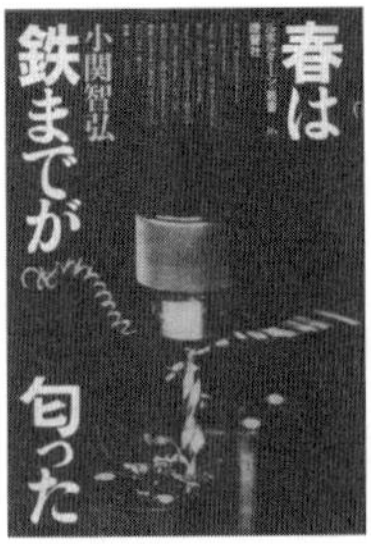

カルピーかっぱえびせんのネジネジを見るたびに「えびせんにはネジネジをつけたほうが味がしみます」と提案する社員や、そうだそうだと頷《うなず》く重役を思い浮かべてしまう私ですが、味止めをネジネジ形状にしようと立案したスナック職人の、舌についての考察は、「さくらんぼの茎をお口の中で結べるコはキスが上手いのよ」という、ティーンの迷信以上に今日の食文化を豊かにしてくれています。

さて今回、私は何を書こうとしていたかといいますと、「職人さんはかっこいい」ということです。簡単に「かっこいい」とかいってると「何にも知らないくせに」と怒られそうですが、本当に何も知りません。労働者の自立とか終身雇用制の崩壊とか、さまざまな事情を考慮しているとその素晴らしさが、何かつまらなくなってしまうのだー。

この本は、私に芸術のことや書物のことを教えてくれた名古屋の学校の先生が「鉄を嘗《な》めただけでその成分をピタリとあてる旋盤工がいます。そんな本を読みました」と話してくれて、かっこいい！　と即ゲット。

●渡り旋盤職人、平松さんの話

工場長に、ヤスリ一丁で仕上げる「スッポン」のテストを要求されるが平松さんはこれを拒否。理由は「スッポンなんてシャラクセエ。そんなものができなくて職人面さげて渡り歩けるかよ」（かっこいい）。で、小型モーターの鉄芯の金型を仕上げるテストをすることに。ところが制限時間三日間のうち、一日目は平松さんはちっとも働かず雑談ばかりしていて、作業するのは追い回し役（助手）だけ。しかし二日目になると平松さんの様子は一変し、旋盤からボール盤へ、セーパーから仕上げ台へと動き回り、三日目には工場長を唸らせるようなオス型とメス型が出来ていた。平松さんは雑談しながら追い回し役のカミソリのガタを見逃さず、必要な工具の手配をしてあったのでした。これをこの業界では「段取り八分」というそうです。男らしい！　テキサスっぽーい。現場の人ってステキ！

「こんなシャクリかたをすればキリコの流れはいいけれど刃先がもろい。こうすれば逆に刃先は丈夫だが、キリコがあぐらをかくから、切れ味が悪い。わかったか」

わかりません。わからないからかっこいいというもんです。

ところで、わからなさがかっこいいというものには他にも、新聞の囲碁のコーナー「本因坊戦」や八百屋のおじさんの帽子についてる数字プレート、証券取引所のジェスチャー等があります。しかし「わからないからかっこいい」シリーズの第一位はやはり、どんな複雑な実印でも読みとくことができる銀行員「るみちゃんのお姉さん」ということで、今回はこれで終わりとさせていただきます。

大人のモジモジ
——『お伽理科　蝶と花の對話』金子洋文（實業之日本社）

少年少女が、「赤ちゃんはどうしたらできるのか」を知るにいたるのには、おませな友達から聞いたり、飼い犬から学んだりといった様々なきっかけがあるものですが、私の場合それらを総合的に俯瞰《ふかん》した結果、畑で犬がおこなっているのを見て直感的に親の本棚を探り、テレビアニメ『メルモちゃん』でそのおぼろげなインプットを確固たるものとしたのち、大工の棟梁の娘であるゆき子ちゃんから「あれは男と女がアルファベットの〝エックス〟の形に交わるから〝セックス〟というのよ」と教えられすっかり博識だったわけですが、母親から「ハルミンちゃん、お父さんとお母さんが愛しあってあんたが生まれたんやで」と面映ゆい宣告を受けた時には、私の知識はすでに「回転ベッド」にまで到達しており、知らないふりをするのに難儀したものでした。

そのような過程を経た私の性知識が、べつに早熟で踏み誤ったものではないと証明されたのは、その後の行動が偏った方面に向いてしまった理由が、小学生のうちに春陽文庫の江戸川乱歩シリーズを読破したからだという逸話を持つ、森山君の存在のおかげです。

少年少女のそんな地下情報には全く気がついていないおめでたい書物『蝶と花と對話《たいわ》』は、大正一二年に出版された子供のための性教育の本です。

港町の少年、健二が蝶に導かれて、擬人化された蜜蜂や月見草やダリアや松の署長さんの受粉を見物してまわるほのぼのとした理科系お伽話なのですが、序文には「性教育は一歩間違えると、大事な子女を邪道に導く心配があります。いかにして子供達の質問に答えたらいいだろうなどと杞憂《きゆう》を抱く必要はありません。『この本をよく読みなさい』と答えればいいのです」と大層に書かれていて、単に「子作り」といってしまえばいいものを、もってまわって慇懃《いんぎん》無礼に畏《かしこ》まっているうちに、少年少女は縁側でお医者さんごっこをするでしょう。

子供は何も知らない純粋なものと思い込んでいるおめでたい大人って滑稽、と、『女子高生のための文章図鑑・世紀末のアリスたちへ』のことを思い出してしまうのですが、いやいや、それほど歯の浮くような本ではなかった、洋風とも和風ともつかない口絵もかわいいし、擬人化されたほおずきの花が「私、生きていくのがいやになりました。」としょんぼりするところも理科を忘れさせるし、まあ、性教育を受ける時には大人のモジモジを少し距離を置いて見守るのが正しい子供の態度であるのです。

ズレの中の空白

――『東都タイムズ』（東都タイムズ新聞社）

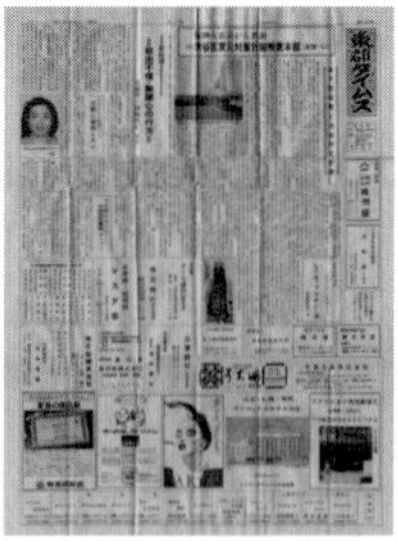

人はなぜ、百科事典を正しく並べないのだろうか。たとえ正しい順で並んでいても安心してはいけません。箱と中身が違っている時があるからです。「世界の切手」の項を含む三巻が見たいのに「われもこう」の九巻が出てきて地味な色合いに落胆してもなお、正しい箱に入れ直そうとせずそのまま戻してしまうか、あるいは箱に本を入れようともせず個別に本棚に戻し、全一〇巻のはずが全一四巻になっていたりするというのに。今や、押し花の重石か、物が倒れてこないように支えたりする、内容より重さ重視の百科事典でございますが、そんなふうに、たまに取り出してみると意に反した巻が出てきて箱の背と中身の背を見比べたりしながら、何かしらのおかしさを感じたりもします。

そのおかしさとは背番号のズレの中にある「ぽっかりとした空白」で、その空白は、実はまだ名前もつけられないような感情であり、さらにその感情は誰にも気付かれなかったり「もう、お父さんたら、きちんと並べてよ」と怒りに変えられたりするにとどまっている、とりとめのないものなのです。

そんな怒っている人に向かって「まあまあ、娘さんそんなに怒らないで」と『東都タイムズ』の中のマルナンの記事はいっています。

『東都タイムズ』とは、渋谷・恵比寿地区の商業新聞。「マルナン」は渋谷駅すぐそばの老舗の婦人服生地店です。そのマルナンの記事は商業広告という本来の目的をつき抜けていてとても素晴らしいので、みなさんにも御紹介いたしましょう。(以下引用)

「年を重ねるごとにマルナンの人気は上昇するこの原因をさぐると前社長からの売り出しのテンポが今の社長さんに引きつがれてますます信用されて売行きがまことに素晴らしい程人気を得ている。又、毎号本紙を通じて紹介しているようにここマルナンの従業員一人一人が経営者になってサービスをすること、この辺にマルナンの人気がかくされているのではないだろうか。生地を買うなら人気上々のマルナンでという位売れ行きが抜群であること本紙を通じて御婦人方への御願いとしてどうぞ生地を選ぶならマルナンと御願いする次第です。

駅から直ぐのマルナンもはや生地店としてはしにせといっても遜色がない位マルナンの

名声はきえない」

ズレてます。お店の良さを伝えようと言葉を重ねていくうちに広告をつき抜け、句読点もつき抜けて、言いつくせない別の何かを発していますね。こんな途方もない世界の玄関が渋谷駅徒歩五分にあると解って、『東都タイムズ』読んでよかったなー。いつまでも『東都タイムズ』にこの書き手の記事がありつづけることを祈って、私は三千里薬局の角からそちらの方に向かう次第です。

古本少女の思い出

――『コリントン卿登場』稲垣足穂（美術出版社）

私は学生時代を名古屋で過ごしました。田舎娘である私は中京地区の大都市・名古屋に大きな期待を抱いていたのですが、名古屋は住んでみると、自分の行動力のなさを差しおいて、徳川に代表される金ピカの文化以外は、デパートにしか文化が栄えてない!! 平べったい街だと感じてしまいました。サブカルチャーはどこ？ そんな中、鶴舞、上前津、大須、千種、今池といった住宅地と商業地がいい具合で混じっている所もあって、そういう所には、わりと古本屋も集まっていました。

古本屋に入って、本の背をずうっと目で追っているとうきうきしてきます。私の場合、右目に力を入れて左から右に本を探します。横書きです。

文庫の棚に背の色がピンクで文字が白ヌキの金井美恵子の本をみつけると、自分の部屋の本棚にピンクの背の幅が約一センチ増える場面を想像して、ぽーっとなってしまいます。

落合恵子も同じ色指定ですが、これは置いておきます。

そんなウブでいたいけな古本少女を、たちまち古書の深淵へ引きずり込んだ男、それが古書店「天津堂のおじいさん」です。天津堂は朝九時から開いていて、趣味人が店を訪れてはおじいさんと話し込んでいるような店です。客は必ずベレー帽にループタイです。

そんな全体的に枯れた色合いの店で、『家禽飼育法』を手に取っていたら「あんた、ええ本見つけたな」と店主のおじいさんに声を掛けられました。以来、おじいさんにいろんな話を聞きに天津堂に通い始めました。梅原北明や大田典礼の事、高橋鐵の事、石坂政明という、名古屋在住で医療器具を木工で作っている人のことなどを「ちょっと手を出してみい」とかいいながら私の手をなでなでしたり、奥様が居間から出てくると「ささっ」と手を引っ込めたりしながら教わりました。エロスとタナトスです。

図書館で借りた稲垣足穂の『コリントン卿登場』をおじいさんに見てもらったこともありました。それは野中ユリの玻璃版画が十枚別丁付けされていて、文字もスミベタでなく特色のグレーで印刷してあって、しばらくぽーっとしてしまうような美しい本でした。「これは返さんほうがええ。あんたが持っていなさい」おじいさんはすごいことをいいました。そんなことをしなくていいように、図書館は蔵書を売ってくれるようにしてもらえないでしょうか（無理です）。

私は名古屋から東京へ引っ越しましたが、神保町の古本屋街には天津堂のおじいさんみたいな人をなかなか見つけられませんでした。アルバイトがお盆休みに入ったら、新幹線で名古屋へ行こうと思いました。シーズンごとに地下鉄構内で開かれる「古書まつり」を、おじいさんは仕切っていました。この夏はどうなのかと知人に聞いたところ、おじいさんはもう何年も出店していないようでした。車で店の前を通った時もシャッターが降りていたそうです。もうおじいさんに会うことはないのだ、とやっと気づきました。

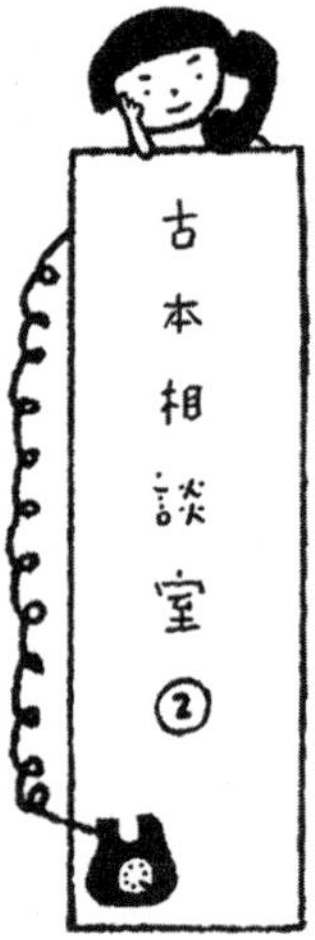

◆タンタンさま（23歳・女性）

Q はじめましてー。ワタクシ、昨年末に結婚しました。で、引っ越して旦那と住むようになったのですが、実家より狭くなったのでかわいい本たちが本棚からあふれて床に積まれています。それを旦那が独身時代から飼っている猫たち（2匹）が狙うんですっ！ 隙を見せると頭突きして本を崩したり、爪とぎに使おうとするのです。旦那はそんな本捨てろとかいうぐらい理解がありません（長新太さんの絵をヘタクソ扱いします）。どうしたらよいのでしょう。ハルミンさん助けてー。

A タンタン様、猫に本を頭突きされるのですか？ まあ、なんてうらやましい!! 実は私の家にも猫がいます。猫がうちに来た当初は、大事な本に爪を立てられないようにガラス戸のついた本棚に用心深く避難させたりしていたのですが、どういうわけか猫は本に興味を示すことなく、いたって平常心なのであった。ただ、ミシンには異常な執着をもっていた時期がありました。私がミシンで作業をしているとき、ミシン針の動くところにちょいちょいっと前足をかけてきて……。まさか針の下には入らないだろうとタカをくくっていたのも束の間、思わず猫の前足をダダダと縫ってしまって私も猫も同時にぎゃーっ！ と絶叫したのでしたが、それ以来猫は私がミシンを出すのを見るとさりげなく隣の部屋へ入ってゆきます。猫と災難といえばそれくらいで、あとはいたっておとなしいうちの猫。

猫のあらゆる猫らしい局面に関わってゆきたいと願っている私としては、「店で飼ってる猫が『描かれた幕末明治』っていう7000円もする本に頭をこすりつけてるから爪研ぎされたら大変だと思って、高いところへ隠そうとしたらすでに外箱が刺身のつまみたいにぼろぼろになってたんですよ！」という、とある古本屋さんちの溌溂とした猫っぷりがうらやましくてしょうがありません。

　話は変わって、ある日、知人から陸亀をあずかりました。陸亀はずいぶん育ってて、大きな椰子の実くらいの大きさと重みをもち、軽い椅子とかだと頭でそのまま部屋のすみまでずいずい押し進むくらいのたくましい力があるので油断がなりません。

　その亀を部屋に残し、一日外で遊んで帰ってきたら、なんと私が描いた絵の上に亀のうんこの茶色いタッチが……。はっとして床を見ると亀が足の裏にうんこをつけたまま部屋を歩きまわったと思われる形跡があたりいちめんにちりばめられて……。それで私の描いた絵の上にもちょうどいいバランスで茶色いテクスチャーがずびずびーっとのって……。一瞬ヨゼフ・ボイスのドローイングかと思いました。不思議とわき上がるほがらかな気持ち。動物のうんこがこんなにかわいいと思えるだなんて。こんなことは滅多にない偶然のチャンスなのです。

　その昔、ショパンは猫が偶然ピアノの鍵盤の上を歩いたことをヒントにして「子猫のワルツ」をつくったそうだし、狩野永徳という人は猫の足跡を梅の花にみたてて屏風絵を描き、お殿様にほめられたそうだし、こんなふうに、猫が本に爪をたてることも偶然を利用した動物と人間のコラボレーションだと思えば、なんらかの人生のたしになってゆくのではないでしょうか。もし古本屋さんで「猫かじり跡有り」っていう注意書きがしてある本を見つけたら絶対買う！　収集したいくらい！　そんな本があったらいいなあ。

世界はここにある

――『棒がいっぽん』高野文子（マガジンハウス）

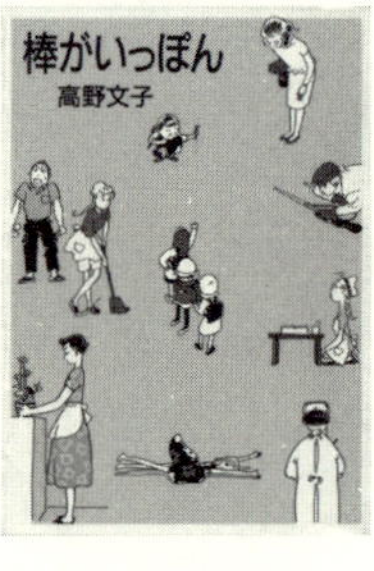

失笑をかいながらも、書物の本質を鋭くつくと評判のこのコーナー。皆さん、読んでらっしゃいますか？

今回は高野文子さんの最新刊『棒がいっぽん』のことを書きます。と思っているのですが、「高野文子のマンガはすごい！　天才！」としか書きようがないので、困ったなー、どーしよーかなー。寝よう。ぐうぐう。ぱちりんこ、本当は寝てない。寝ないで書いててもまだ書けないくらい素晴しいマンガなのです。以前どなたかが『絶対安全剃刀』のことを評していた「コマ割りの枠線から滲み出る生理感覚」なんていうのは、ま、確かにそうなんだけど寿司屋で醤油を「むらさき」と注文するような、私には高尚な感じがしたし、いまだ誰も高野文子さんの素晴らしさをぴったりした言葉でいい当ててくれる人はいないとすら思えるのです。

大抵の若い女性向けのマンガは恋愛をベースにしてます。ライバルを蹴落としたり、病気と闘ったり、眼鏡をはずすと超美人だったり、いやらしいことをしたり、ファンタジーになって女の怨念がこもったりしてしまうものですが、高野文子さんのマンガには、そういうギラギラしたものは登場しません。若い娘さん向けとは思えないような予想を越えた平々凡々な日常生活が舞台です。恋愛をテーマにした、いやらしいマンガは確固とした地位を獲得し題材にみあった雑誌に収まっていますが、高野文子さんのマンガは、いつもその媒体からちょっと浮いているような気がします。それはふわっと懐かしい空気をはらんだ線の描く画のせいでなく、実際浮いてみせる高い位置からの画角のせいでもなく、マンガ内で起きている出来事が現実の生活時間と同じ速度で進行している途中、別の時間の経過が不意打ちで挟まってどこに帰ってゆくのか見えにくいからだと思います。それは、深夜のニュース番組「明日の朝刊」で前田千年さんの声をバックに画面に映し出される読売新聞のダイジェスト版、そのメイン記事の「懸命の救出作業、死者は三千人に」の近くに、画面から見切れて不本意な形で映ってしまっている「世界最小のカエル、小さすぎて見えないと展示方法に頭を痛める動物園」の記事のことがすごく気になってしまうのと同じ感覚です。挟まっている出来事が些細であればあるほど、物語の凄みが増していくような気がします。

それともうひとつは、特に『Ｈａｎａｋｏ』に連載されていた『るきさん』なんかは、若い娘さん向けに描かれた作品であるのに、男の人の目を意識しないライフスタイルだったりするからかもしれません。

平凡な日常を細かく丁寧に追っていくといえば、武田百合子さんを彷彿としてしまいますが、身のまわりのことを見たそのままのように書くことで武田さん自身の眼や姿かたちがくっきり浮かびあがってくるのに対し、高野文子さんは平凡な場所（近所の商店街やバスの車中や工場の社宅や窓からの夜景といった本当に何気ない場所）を基盤として、重なり合って存在している他の世界も大きく動いていることを感じさせるのです。いわば「世界はここにある」ということなのでしょうか。

療法あれこれ

――『洗濯療法』式場隆三郎（オリオン社出版部）

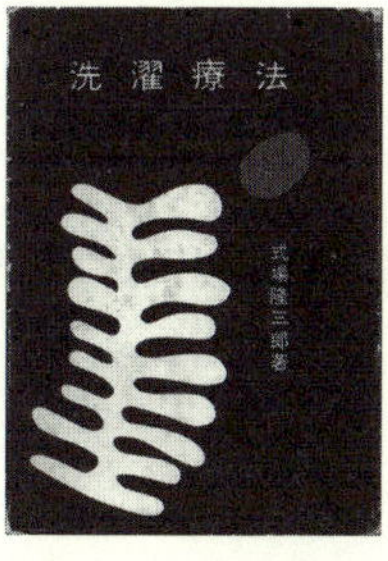

一九九六年に出版が予定されている今世紀最後の電機総覧ミニコミ、『奥様家電年表』の草稿を見ていて思ったことは、かつて洗濯機の呼び名には「うず潮」「銀河」といった、激しく渦巻くものが名付けられていましたが、最近では、「愛妻号」「静御前」などの、ほおっておいても静かに洗濯しているような、奥ゆかしい女性をイメージさせる名称が多くなっていて、現代の風潮とは逆行しておりますが、製品ネーミングの決定権は、メーカーのうるさいおじさんなのだからしょうがないのだ、ということです。

「汚れを洗い落とす」ことと「干す」ことを含めて「洗濯」というのだと思うのですが、家電メーカーは全社をあげて「洗う」ほうに重点を置いているというのが、ネーミングから見てとれますね。

洗濯をして気持ちがいいのは、私にとっては「洗う」ことよりもむしろ「干す」ことです。休みの日、晴れた空にシャツやくつ下をパンパンと平手打ちで伸ばして干すのは、眠ることと同じで、習慣というより欲望です。

なのにどうして私は洗濯物を溜めてしまうのでしょうか。来客があるとわかったら、約束の時間までに溜まった洗濯物を台所の隅の洗濯機にまとめて突っ込んで、お客が帰っても一〇日間ほどそのままで、洗濯機の前を通るたびに中の洗濯物と睨み合う状態になってしまっても〝あと一週間は大丈夫〟と、賞味期限を目算するにとどまるのです。

あ、ついつい、私の洗濯のことばかり書いてしまいました。

今回は式場隆三郎先生著『洗濯療法』をご紹介します。

本書は、式場先生が、ある日

「むしゃくしゃする時は洗濯をして発散させる」

という談話をラジオで聴いて、それを発端に奥津温泉の足ぶみ洗濯の話や、旅先の宿で夜にくつ下を洗う話や、実際にロンドンのセント・バーナード病院とオランダのライデン国立病院で行われている洗濯療法のことが書かれているのと並んで、「洗脳」についても触れられているので、「脳を洗う」手触りや、「ブレイン・ウォッシュ」という語感から「脳の水洗い」を連想できてとても面白かったです。

私の高校時代の友人、川本さんが当時発明した療法は「パン療法」で、これは一体何なのかといいますと、購買部で買ったパンの袋を口にあて、

「浜田先生のバカヤロー」

などと叫んだあとに袋を閉じて捨てる……というものでした。

私の母の場合は「掃除療法」。しかしこの療法は、共働きで普段あまり掃除をしないため、たまにやると、とても立派なことをしたかのような錯覚に陥って、母は余計に威張るので、掃除中の母に家族は一歩も近寄れませんでした。

自立と操縦
——『お聖千夏の往復書簡』田辺聖子・中山千夏（集英社文庫）

みなさん、こんにちは。

今回まず御紹介しますのは『お聖千夏の往復書簡』です。〝お聖〟は田辺聖子、〝千夏〟は中山千夏です。二人とも、本屋さんでは文庫の棚のピンク背が目印の人ですね。

昔、私はテレビで見た中山千夏を「青島幸男の娘はおもしろいこというなあー」と思っていたものですが、この本を読んで、中山千夏という人はすっごく自由な女性で「女性の自立を訴える事って、なんか格好悪い」と思われないような方法で自立することを模索しているということと、青島幸男の娘ではなかったということが解りました。

この本は、月刊誌『話の詩集』に田辺聖子と中山千夏が、〝男と女〟〝結婚について〟〝少年少女を自立させる法〟〝女性差別のこと〟などを、手紙のやりとり形式で掲載していたものです。「現代の女性はかくあるべき」というのが、つい格好悪かったり、格好良すぎたり、肩パット入りすぎだったり、ノーメイクだったり、キャリア・ウーマンだったり、ガニ股だったりすることが多い中、この二人は「自分は女性か男性かはどっちでもいい。でも女性に生まれたんだからそれを受けて立つのだ」と受取れる姿勢が私には颯爽として感じられました。

「女性の自立」が格好悪いということになってしまったのは、私としては、ファッション誌『エル・ジャポン』の特集が「私は都会の似合う女」から、「大人の少女趣味」に移行するまでの一九八〇年代後半のある数ヵ月間に決定されたと思っているのですが、それくらいに「女性の自立」っていうのは、見かけから入ることが多いですね。今はもう、それをいう人も少なくなって見かけ重視の人は淘汰された感もありますが、たんなる流行だったということかしら。ホント、仏つくって魂入れずです。トホホです……と思っておりましたので、私は自立の本を読むよりも、同じ日に買ったアレグザンドラ・ペニー著『秘密の・男・の・歓・ば・せ・方』の実技のページを読んで猛勉強しようかなーと思いながら亀戸天神の辺りをドライブをしておりましたらば、走ります右手に店の左半分はDPE、右半分は古本屋になっている店を発見。

そこで見つけたのが川崎敬三著『えぷろんパパ』でした。

「あいつ、男のくせしやがって、料理なんかやっていやがる」との周囲の声に対して、川崎敬三は「ボクはえぷろんパパなどといわれる男ですが、あくまでも料理は道楽。男が厨房に入る心掛けは、一流コック方式で、つまり女房に下ごしらえや後片付けはやらせて、自分は料理の創造に専念することです」と答えています。

さすが奥さまのアイドル川崎敬三。へりくだることも操縦のうちなのでしょうか。

カバーをかけない人

――『紫の履歴書』美輪明宏(角川文庫)

私は、いつも電車の中で本を読む時、カバーをかけないで読みます。カバーというのは、本体に巻いてあるカバーのもう一つ外側の、書店でかけてくれる包み紙のことで、そのカバーをかけると、カバーと本体が浮ついて持ちづらいし、阿部牧郎とか泉大八とかのいやらしい本を隠して読んでるんじゃないか、あんな娘が、あんないやらしい本を……と他の乗客から疑われるかもしれないので、いや、カバーをかけて本を読んでいる人を見ると、私は絶対にそう思ってしまうので、他人にもそう思われたくないのでそうしているのです。

私が思うに、カバーをかけて本を読んでる人のほとんどが、「何を読んでるのか知られたくない」と思っていて、「んまー、あの人ったらそんなことに興味を持っていたのね。意外」とか「まだそんなの読んでるの?」とか、読んでる本で自分をのぞき見されたくないと思っているのです。

それに対して「いいじゃありませんか、堂々としていれば」と美輪明宏はいっています。そういってくれているのに、私は『紫の履歴書』を、手で見えにくくして持ってしまいました。山手線の乗客には、紫はインパクトが強すぎると思ったからです。あ、いってくれたというのは、私の心の中の美輪明宏がそういってくれたのであって、実際にアドバイスされたわけではありません。美輪明宏は、どんな本を読んでいようとカバーをかけない人だろうと、この本を読んで思ったからです。かけないかな、かけるかも。エレガントじゃない本のときはかけるかも。どうかな、美輪明宏のこと、すべてを知っているわけではないから断言出来ないです。え、本読んだのにわかってないの？　わかってないのにこんなところで文章書いてていいんですか？　いいんです。私は夢をみるためにこの本を読んでいるのです。長崎の、華やかな遊郭の真ん中で生まれ育った美しい少年が、気高く、純粋に、シャンソンの歌手になるまでのお話を読んでいるだけなのです。などといって、私はまたしても「夢」というカバーをかけてしまっているではないか。

家の間取りと家族関係

──『10＋1　特集 住居の現在形』（INAX出版）

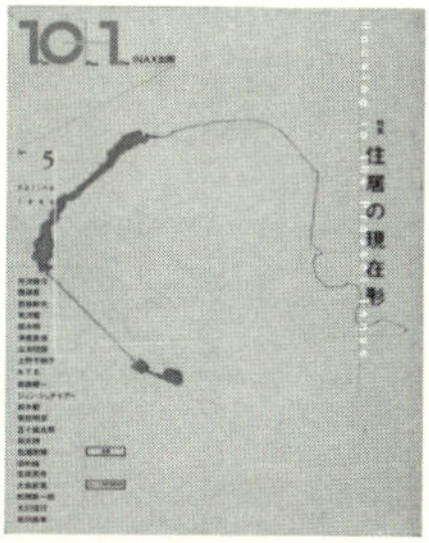

さる八月八日から催された「さよなら代官山同潤会《どうじゅんかい》アパート展」には、死ぬまでに一度はそこに住んでみたかった私のような古いアパート好きや丘状の土地に建つ低層住宅の昭和モダニズム様式に心惹かれる建築好きの人たちが大勢つめかけて、公開中の居室を見学したり、人が住まなくなった団地の奇妙な雰囲気に触れたりして大変有意義でしたが、残念なことに八月一二日で終わってしまいました。

公開された二つの居室は、細い廊下と土間を持ちいくつもの小さな部屋をつぎ足して暗い房のようになっている住まいと、何も改装はしていないけど手入れがゆき届き、昔そのままのしつらえを保っている住まいだったりして、二つの居室は全く様子が違っていました。

そういうことから考えると、戸によって思い思いの住み方ができそうだという点で、このアパートは水まわりや耐久性の問題があるとはいえ、決まりきった間取りに縛られる今の借家住まいよりずっと自由度が高そうなところが私にとっては魅力なのでした。

「今までの住み方から自由になる」ということがこの本では「新しい家族の形態に沿った住宅建築」という内容で書かれています。

その一例として、敷地内に個室や厨房や風呂が点在する住宅が載っていた。その形態を、「個室群住居」と呼ぶ、と門外漢の私は覚えた。

個室の数を増やせば家族以外の人が入ってきてもなんとかなるそうで、つまりそれは血で繋がっている家族という形態を超えた共同体。超家族。

本書で米沢慧さんが、『定型を失った』家族を受け入れられる容器」が、「未知の住居の可能性」となり、その為には「『居間には一家団欒という期待、ベッドルームは夫婦の愛情という期待、子供部屋には子供との正しい関係という期待』という規範的なものを消してしまうこと、住居空間から血縁的な紐帯《ちゅうたい》や関係をできるだけ軽くしてしまうことである」と書かれていて、興味深かった。

家族と自分の関係において血縁的なものから自由になるといえば、私が三重県津市の実家から三時間かけて短大に通っていたのが一年で力尽き、残りの一年を名古屋でひとり暮らしした時の開放感と、一年後東京へ来た時にここで何ができるのかとわくわくしたことを思い出してしまうのですが、東京の私の部屋も新幹線が廊下だとすると三重の実家は居間なので、いったいどこまで行けば自由になれるでしょうか。

いくら家の間取りを変えてみても都市の構造と異なるのは規模のみで、上から見おろせば同じ密度を持つ集合体になっているのだし。

みんな平等ではなかった
——『図解・大地震がくる！』
諏訪彰監修（少年少女講談社文庫）

私が生まれて初めて映画を観たのは小学校三年生の時、両親に連れられて観に行ったチャールストン・ヘストン主演の『大地震』で、映画を観る前にした食事の席で「この映画は地震の場面になるとそれと同じ震度で劇場の椅子が揺れるのよ」と中華のおかずを食べながら言った母の言葉に戦慄し、そんな怖い椅子に座らされるなんて電気椅子も同じことで、親子三人で食事をして映画を観るということは楽しいことなのか怖いことなのか、事態を把握できないまま、チャールストン・ヘストンは洪水にのみこまれ、街は廃墟と化し映画は終わってしまいました。

その当時学校では「ゆうべノストラダムス観た〜？」というのが話題の中心となっていました。その内容によれば、一九九九年に大王だかなんだか知りませんがそんなようなものが空から降りてきて人類が滅亡すると予言されていて、生き残るのは神様に選ばれた少数の人だけだ、その時、救世主が現れるはずなのだが、その人物はすでにアジアの国のどこかにもう産まれている、ということだったので、私は自分の手の甲に救世主の証である赤いクローバー型のアザがないか(のちに、そのアザは『魔法使いサリー』の中の話であって、私の思い込みだったことが判明)、いろいろ点検してみましたが何もなく、自分は普通の人間なんだ、地割れに挟まれて死んでしまう名簿にもう名前が載っているんだと激しく落ち込みました。それでいくと私は三二歳で地割れに挟まれて死ぬことになり、三二歳だったらもうおばさんだし死んでもいいかと当時は思いました。私と同じように他の友達もみんな大王が降りてきたとき自分はどうなるのか考えたと思うんですけど、それが大人になった今でも「神様に選ばれるに値するような、他の人とはちがう何かを持っていないと自分は生き残れない」という不安を、無意識に持ち続けている人が大勢いることにつながっているのではないでしょうか。その結果、パルコや宗教が繁盛していたりして。

さて今回ご紹介しますのは映画『日本沈没』にも名を連ねている地震博士・諏訪彰が監修の『図解・大地震がくる!』です。(小学生向け。少年少女講談社文庫)。口絵はカラーの写実的な怖い絵で、山田一郎という小学生がみなしごになるまでの運命が描かれています。

◎そのとき急に動物が騒ぎ出した！　犬がおびえたように吠え、鳥がバタバタと一勢に飛び立つのが見えた！
◎ドーン！　突然教室が飛び上がり、床に叩き付けられた
◎新宿副都心は一瞬のうちに地獄に！
◎丸ノ内の地下街では……大音響！　停電！
◎新幹線も！

なまはげは秋田にしかいないからよかった～っと子供の頃は思っていましたが、こんな怖い本を読んだらそんな安全神話も吹き飛んでしまいます。生き残るかそうでないかで、「みんな平等ではなかった」ということが明らかにされるかもしれないのですから。

実家化する部屋のこと

——『私の部屋』（婦人生活社）

何かの役に立つかもしれないと思って捨てずにとってある物で部屋がいっぱいになるばかりで、それが果たして復活するようなことがあるのだろうか、と部屋を見まわして途方に暮れているうちに、憂鬱な梅雨の時期も終わりかけているのですが、しかし、その行き場のないお宝予備軍によって一年前や一〇年前の自分が何をしたかったのか、すぐにその時代を振り返ることができるという点では、私のひとり暮らしの部屋は徐々に「実家化」してきているといえます。詳しく記しますと、東京にひとりで住み始めた頃は、シンプルで全体が落ち着いたベージュ色の、荷物を置かないおしゃれな部屋を目指しているつもりだったのですが、ガラクタ収集が趣味なのでそんなことができるはずもなく、それプラス、正月や盆に実家へ帰省した際に持ち帰る、子供の頃の本や茶箪笥の上に飾ってあったこけしや、祖母が煎餅缶に貯めていたひもや半分溶けた消しゴムや旅館の歯ブラシやねんどの

へらなどによって自分の好きなインテリアの趣味とどうしようもなく日常的な物とが渾然一体となって、私の部屋の森羅万象を形づくっているのです。要するに散らかっているのです。

実家に家族と同居する場合、どんなに自分の趣味を貫いた「素敵なお部屋」にしようとしても、母親がホームセンターで買ってくる室内装飾品との闘いは避けられないでしょう。二階の自分の部屋から一階のお茶の間に降りてくると、顔に当ると痛い木の玉の暖簾《のれん》や、金粉がザラザラ混った砂壁に時計付きの玉三郎のポスターだったり、和室なのにトルコ絨緞及び竹の絵とダルマで、さっきまで自分のお部屋の大きな鏡に白い絵の具で「Bonne Annie」と描いていたフレンチ少女の夢は打ち砕かれてしまうのでした。がっくし。

そういった、家族の趣味から解放される最初のチャンスは、ひとり暮らしを始める時なのですが、「無印良品」→「フレンチ小物」→「七〇年代小物」と趣味が移行していきながらも、自分のお気に入りの物だけで小さな部屋が満たされて、しばらくは憧れの生活に浸れます。「しばらくは」と書いたのは、お嫁さんに行くまでのことで、相手の男性がゴジラの足形のスリッパや金縁の湯呑みセットなどを持ち込んでしまうので二度がっくし。どうせ無理なら、いっそ実家も自分の趣味も旦那の無頓着もすべてオッケーにしてしまうほうがよっぽどマシ。もともと「自分の憧れの生活」というのも実はサザビーの社長の企画書どおりかもしれないし。

そんな、当時は私も夢見た「自分だけの素敵な生活」をお嫁さんになってからもずっと続けられたらと願う女性のためのインテリア雑誌が『私の部屋』です。『ジュニアそれいゆ』よりも結婚願望強いです。

高橋真琴遭遇記

――『高橋真琴画集　あこがれ』高橋真琴（光風社出版）

高橋真琴の「少女絵」は一九六〇年代から少女漫画雑誌の表紙になったり、筆箱や鉛筆や下敷きのキャラクターになったりしていて、女の子にとってはすごくポピュラーな存在でした。そして少女漫画に初めてスタイル画を導入したといわれる外国の女優みたいな華麗なファッションとポーズ、バラやプードルやパリが私たち田舎のハナタレ少女にとってこれ以上ないあこがれの世界でした。細くてしなやかな手や足、星がいくつも入った瞳、暗い湖や西洋のお城のシルエット、白い羽根でできたバレエのコスチューム、美男子の王子様といった、今の自分には無い魅惑のアイテムが結集していて、別世界。でもそれはこの時点では私はまだ子供だし東京のことだから（その頃の私は漫画やドラマはすべて東京で起きている出来事だと思っていた）、大人になれば私もまるで白鳥のようにすんなりした手首足首になる時が自然にやってくるのだわ、そして王子さまがそのか弱い腕をくいっ

と掴みにくるのよ……と胸に両手をクロスしてみたりするのでした。私も含めて、かつての少女が「大人になりさえすれば繊細で可憐な女性になれるかも」といったこれから先にあるだろう自分の変化に対する甘美でナルシスティックな期待や不安な気持ちを抱いたことを思い出させる高橋真琴の少女絵は、いま見てもその過剰な優雅さに心を奪われてしまいます。そういう期待を胸に秘めたまま、三十路《みそじ》を越えてしまったある夏の日、根津の弥生美術館に「高橋真琴展」を見に行った時、偶然会場で高橋真琴さんにお目にかかることができました。

高橋さんはわりと大柄でゆったりとした体型で髪は白くてふんわりとし、うすいベージュのポロシャツにカジュアルなズボンというお姿は、私が想像していた小村雪岱《せったい》とか舟木一夫とかモジリアニ系の繊細でいつも胃の具合が悪そうなタイプとはかけ離れた若々しい方でした。私は「毎日あなたの描いた絵のついてる鞄を持って学校に通っていましたのよ。そして友達はそれに似たニセモノを持っていたので、それは似てるけど違うね、などと私が言ったせいでその子は仕返しに私の鞄に髭を描いたのですよ」という思いを込めた熱い視線を至近距離から送っていると、他のお客さんがサインと何か絵を描いて下さいと頼んだので、私もその後にささっ、と並びました。最初に黒の色鉛筆でふわふわした丸い形を描きはじめられ、もうそれだけですでに高橋真琴の描くあこがれの「あの絵」だ。私は今すごい場面を目の前にしている。さらにそのふわふわした丸に目と鼻と手足とシッポをつけたらリスになりました。私が「それはリスですか？」と訊くと「ええ、赤リスを」とおっしゃって今度はオレンジ色の鉛筆で胴体をさらさら塗りつぶされました。そして最後には、リスが手に栗を持ってバンザイしている絵に仕上がった。「栗とリス」だ。栗とリス、栗とリスという言葉が頭の中をくるくる回りだし、昂揚のあまりニヤニヤが止まらなくなってしまったのですが、私の深読みなのでしょうか、いや、そうではないと思いたいです。これだけ今までたくさんの少女の心を引き付ける絵を描かれてきた方なのだから、私のような少女趣味女の心くすぐり術なんてお手のもののはずですから。

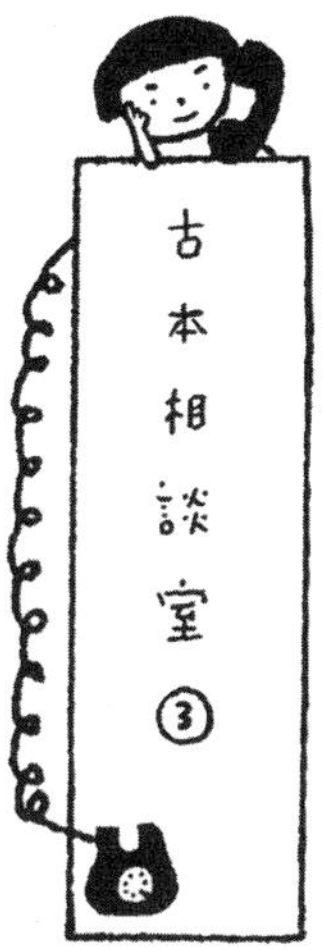

◆tomohiroさま（35歳・男性）

Q かなり前より浅生ハルミンさんの文章を拝読しております。なんとも言えない不思議な文章にすっかりファンになっております。そこで、相談というより質問ですみませんが、浅生さんの好きな本はどのあたりなのか、理由と共に教えていただけないでしょうか。妻も最近、本に興味があるようなので、浅生さんの好きな本でも薦めてみようと思っているのです。よろしくお願いいたします。

A 古本や古道具……総じて古いものを私が好きだと知った親戚の叔父さんは、久しぶりに帰省した私に「古いもの好きやったらこれあげよか」といってひいおばあちゃんの代から使っていた脱穀機と鎗を持ってきてくれたのでした。お気持ちはありがたいのですがそこまで大きいものはちょっと……。

このように、ひとに私の好みの傾向がうまく伝わることは稀。また、自分の傾向を説明することは自分で自分自身を解剖するみたいな気持ちになったりもしてなんだかつらいナー。本のたのしみは読むことだけでなく、それを手にしたときの状況、手触り、めくり具合、挿画や装丁、本文組、紙とインクの相性などもありますが、それをいったとき相手の反応が薄いことが多いから、どんな本が好きかというとき、まずは繰り返し読む本を考えます。

もっか私が何回も読み返している本といえば詩人・平出隆の小説『猫の客』です。ページをめくるごとに、主人公夫婦の家に通ってくる隣家の猫の仕種やからだつきや発見が、選びぬかれた言葉によってあらわされているのですが、猫の記述がなかなか出てこないとなんだかさびしい気持ちになってくるし、その私の心境は小説の中の、家に猫が姿を見せない日の夫婦の気持ちと重なってゆきます。古い民家と小さな庭とそこに繁った雑木と、町内と、少し離れたところにある新しいアパートという地理もまた、現実の一匹の猫の活動範囲をなぞっているようにも思えます。

　読み終わりたくないーっていくら思ったってページをめくれば時は進み、それは実際に猫を飼う人が、いつかいなくなってしまうことをわかっていながら猫と一緒にすごすこととも重なり合います。もはやこの本を読むこと自体が猫と過ごすことに他ならないのです。つまりこの本が猫なのです。本はそのような時間と空間を閉じ込めた箱のようでもあり、ページをめくれば幾度も繰り返して猫の行方に思いをめぐらすことができるのです。

　さてさて、あとは読みたいものがいくらでもでてくるはず。『葉書でドナルド・エヴァンズに』（作品社　２００１年発行）を読めばドナルド・エヴァンズの切手を見たくなって『銀花』の別冊の手紙特集（文化出版局　１９８４年発行）を探しに古本屋さんをまわってしまうし、『みずゑ』のジョセフ・コーネル特集（美術出版社　１９９０年発行）では平出隆もまた箱形のオブジェを作っていたと知って追い求めてしまうし、『ユリイカ』のバックナンバーをぱらぱら見てたら若き日の平出隆の肖像写真を発見して「ユリイカとっといてよかった……」と一人ごちたり、なにかとたいへんなのです。ちなみに『猫の客』と『葉書でドナルド・エヴァンズに』は新刊書店でもまだ買うことができます。

誰も知らない焼き鳥屋

——「渋谷ふれあい文庫」 地下鉄渋谷駅構内

地下鉄の駅構内を歩いている時、誰かにじーっと見られているような気がしたので私もお返しにじーっと見渡すと、乗り降りする人達の向こうに「渋谷ふれあい文庫」とマジック描きされた色画用紙をてっぺんに乗せた本棚が見えました。駅構内に置いてある「持ち寄り文庫」の本は、私には焼き鳥が自分からタレをかぶって「ここですよ〜」と並んで待ってくれているように見えるものなのですが、「もしすごくいい本があったら、それを読んだ後にちゃんと戻しに行くだろうか」と自分を疑う気分になったりもするので、イライラの素でもあります。

「渋谷ふれあい文庫」は木目調のスライド式本棚に、本が全体容量の一割しか入っていなくて、かろうじて存続を維持しているという雰囲気です。（事実、一旦「事情により設置を取りやめることになりました。長い間のご利用ありがとうございました」という表示が出され、本棚の前面が色画用紙で閉じられてしまったが、いつの間にか再開するという落ち着きのなさ)。そして、本のカバーがことごとく剝がされているので、物体としての魅力は半減していますが中身は読めるし、文庫本やハードカバーの本がバラバラとジャンルを無視して無作為に並んでいるのは、古本屋さんの未整理の山みたいでとても好ましい光景だし、また焼き鳥の話になってしまって恐縮ですが、まだ誰も知らない秘伝のタレで焼く焼き鳥屋にめぐりあったような気持ちになって、ちょっとおしっこ我慢です。

では、「渋谷ふれあい文庫」には何があったのか挙げてみましょう。

◎野わけ/渡辺淳一
◎二度死ぬ奴は、三度死ぬ/和久峻三
◎夜も昼も/鎌田敏夫
◎大物(上)相場師の巻/清水一行
(以上はすべて角川文庫)
◎デューン砂の惑星3/フランク・ハーバート
◎懲役人の告発/椎名麟三
◎保健・体育

◎若狭湾の惨劇／水上勉
◎流通は変わるシリーズ・流通系列化
◎オールド・ドック出撃せよ
◎高等学校国語二
◎礎（いしずえ）KOKUGAKUIN UNIV. 1991

もしこれがあるひとりの人物の本棚だったとしたら、相当分裂した素晴らしい趣味を持つ高校教師のように見受けられるし、筋が通っているような気もする。『野わけ』と『夜も昼も』と『保健・体育』を並べて読んでいるこの人を、「渋谷さん」と名付けました。と同時に、電車の中に本を忘れて行くタイプの人の読書傾向もサンプリングできてよかったです。

今回は「渋谷ふれあい文庫」について書きましたが、地下鉄千代田線の根津駅に設置の「持ち寄り文庫」は、カプセルホテルを書斎にしたような物件で、本に囲まれて暮らしたい方にはたまらない場所だと思うので、またいつかご紹介したいと思います。

捨てられない本
――『SOS地底より』伊東信（ポプラ社）ほか

二四時間眠らない街、東京。

希望に満ちた若者が上京してきたり、生活が変わって今の住まいを引き払ったり、多くの人が移動する春の季節がそろそろやってきました。

この時期に発生するのが本の整理です。誰でもそうだと思いますが、私は引っ越すたびにいつも本に対する執念と建坪数の板ばさみになってしまうので、もう迷わないために一切本を処分しないことにしました。

今回は、そういった経緯で私の家にずっと生き残っている本をご紹介したいと思います。

今は役にたたないけど、あと何年かのうちにきっと必要になってくるので捨てられない本では雑誌『オリーブ』（それも中途半端な年代のもの）があります。

中途半端な年代のものであれば、別に『オリーブ』じゃなくてもなんの雑誌でもいいのです。

私にとって重要なのはその本が「今すぐ注目すべき点が何もない」ということで、稀少価値が出そうな雑誌や創刊号だったりするのは、誰かが残してるから大丈夫。なんとなく面白そうだからつい買ってしまうのですが、結局使いようがなくて置きっぱなしなのに捨てられない本といえば「福引きの本」が挙げられます。

私の手もとにあるのは『新選福引／新案1500題と司会の方法』。読んでみると……なんとなく面白いです。「福引」は古本好きの方ならすでにご存じだと思うのでここでは説明しませんが、再びこの愉快な宴会の趣向を復活させることは相当な困難が予想されます。

そして最後に、「読まないのに捨てられない本」製造工場なのは、自分ちの不要になった本を好意で持ってきてくれる二軒隣の奥さんです。（今までいただいた本は『3年生びっくり理科実験』、『SOS地底より』、『日本の毛織』など）。

この奥さんは大雨が降ると「川が氾濫するのを見にいかない？」と誘いに来てくれ、「この前の氾濫の時には水がここまできたのよぉ、ここまで」って身振りで解説してくれたり、大雪の日には金メッキの王冠型寒暖計で測定した気温を「いま何度だと思うぅ？」って得意気にたずねてきて、そのついでに手に持った金メッキの王冠型寒暖計は「息子がバレンタインにもらったんだけど、こんなものいらねぇって捨てたのをうち温度計がないからとっとけばいいじゃないって、あたし拾ってきたのよ」ということまで教えてくれました。『SOS地底より』は、この奥さんのことを今後忘れないためにとってあるようなものです。もうひとつの理由は、実はただの貧乏性で、もう着ない洋服のボタンや柄のいい部分の布地だけはほどいてとっておいたりするのと同じ動作なのです。

少女がこよなく愛するもの

——『こけし』（立風書房）

少女がこよなく愛する物といえば、あんまん、シール、ミニワンピ、育てゲー、外人のうぶ毛などが思い浮かびますが、その昔はこけしが少女の愛玩具として幅をきかせていました。たとえば昭和三〇年代には貸本の少女まんが雑誌のタイトルにもなっていたぐらいポピュラーだったのです。今でいえば「キューティ」＝「こけし」「オリーブ」＝「こけし」、「ニコラ」＝「こけし」って感じ……今回はそんなこけしが今もお部屋のインテリアとして輝いている喜田さんのお宅からお届けします。

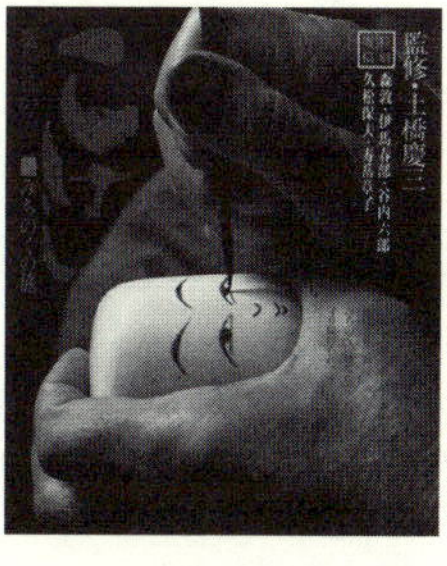

なぜ喜田さんは若いのにこけしを可愛がっているのでしょうか。喜田さんが子供の頃は、応接間に置いてある蓋の閉まらないピアノの上に、父母が鳴子こけしを勝手に飾ったために喜田さんのピアノが急に田舎っぽい雰囲気を漂わせはじめ、レース編みのピアノカバーもメトロノームもこけしのせいでぶち壊しじゃん！　バババババーンと鍵盤をベー

トーベンの『運命』の手つきで叩いたらこけしが鍵盤に落下し、置物にしては座りが悪いし、バービーみたいに洋服を着替えたり髪の毛を結ったりもできないからちっとも可愛くないと思っていたそうです。喜田さんは念願かなってひとり暮しを始めた時、部屋をなんとか素敵にしようと壁に自分で描いたエッフェル塔の絵を貼ったり、アンティークショップで売っているのと激似のおじいさんのボストンバックを部屋の片隅に置き、その中に気に入ったポストカードをずらっと並べて「見せる収納」にしたりと試みました。ところが工夫すればするほどおしゃれさより面白さが増してゆきます。そんな自分に嫌気がさして実家に帰省したところ、母の箪笥の飾り物置き場にあったおみやげのこけしを見て、その朗らかな姿になぜこれをいままで可愛らしいと思わなかったのかと、自分を疑ってしまった喜田さんなのであった。

そんな喜田さんと私は先日、宮城県白石市（「弥治郎こけし」で知られる）に出向き、市内を流れる川に架かる橋の欄干のこけしにこんにちはをいい（両側）、街道沿いの郵便局の大きな電飾看板になっているこけしに圧倒させられ、たまたま通りかかった「柴田工芸社」で棚に並べられたこけしの写真を撮らせてもらい、帰りには奥様にこけしキーホルダーをいただきました。あとでわかったことなんですが、その奥様は全日本こけしコンクールでいくつも賞を獲得されている柴田栄子さんだったのでした。

電飾看板こけし at 白石市
表は弥治郎系、裏は遠刈田系こけしになっている。

蔵王系あつみ温泉のこけし。阿部進矢さん作。
素敵すぎます。この3体は、白石市のこけし工人さんに見せてもらった。個人的に蒐集しておられるものを、棚からひょいと。

アイデア式ウエディング

――『結婚革命――はだかで結婚する法』
やまのべもとこ（ロングランプレス）

日本で「革命」という言葉が聞かれなくなって久しいですが、みなさんはいかが革命していらっしゃいますか？　私は革命で忙しくて、古本屋に通ういとまもないほどです。そんなことを言うと「こんな平和な時代に何が革命だ」と信じられない方も多かろうと思いますので、私が日夜おこなっている革命をお聞きください。

まず、朝起きたところで、すでに睡眠を革命しています。「野村萬斎とイチャイチャする夢」を途中で振りほどくという、実に潔い革命でした。次に、朝ごはんの革命に入ります。朝ごはんを食べるのはあたりまえの事なので、そんなの革命じゃないとお思いでしょうが、昼の二時に朝ごはんを食べるという斬新さ！　これは革命といえるのではないでしょうか。ごはんの革命中はテレビのワイドショー番組なぞ見ません。AMラジオで「吉田照美のやる気まんまん」を聴きます。だいたいそんな感じで革命していると、夕方に

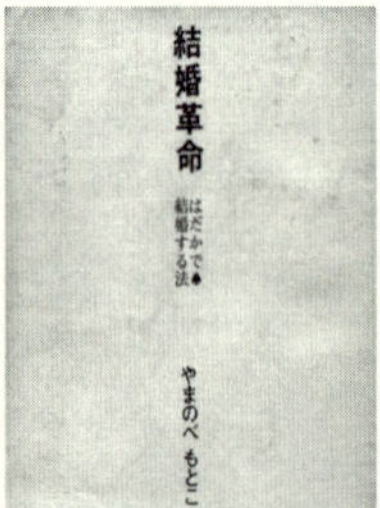

なってきます。そして「革命するには革命の対象が必要」とばかりに、二軒隣の奥さんに革命を申し込んで対話。「まだ売れないころの飯島愛に、スーパーでサンダルを後ろから踏まれたことがある。その時のお詫びの態度はとても腰が低くて好感が持てた」などの芸能情報革命に成功したりしています。このように、私の革命は毎日激しくおこなわれ過ぎていて、最後には「革命を革命する！」という境地に行き着き、結果的には何も変わらないのでは、という気配が濃厚です。

そんな時、私は、『結婚革命』という本を手渡されました。大阪で万国博覧会が開催されたのと同じ年、一九七〇年に「やまのべもとこ」という方がお書きになった本です。『女性自身』記者。コピーライター。放送作家。ディスクジョッキーなど今までやった仕事いろいろ」という職歴の方がのちに自ら「結婚プロデューサー」を宣言され、その活動の様子がこの本に記録されていますので、挙げられた「キマリ通りの結婚式」ではない「アイデア式、アート式ウエディング」を、少しですが抜粋してみます。

◎変身結婚式「何かに化けるということは、どうも人間の本能的な楽しみでもあるようです。歴史上の人物、あるいは実在の印象的な人物などに扮して行なう結婚式。（中略）現代派むき。国をこえ、現代をこえ、好きな人や動物に変身すれば、全く感じが違ってしまいます。（以下省略）」……という説明に対してヤマハのドラムセットを前に、ビートルズのマネキン（男性四人）とウエディングドレスの女性三人がうつむいたり、呆然と立っている写真。男性が一人多いです。

◎標識結婚式「交通標識を利用した、アイデア結婚の例です。自宅前スタート、Uターン禁止のところで婚姻届、坂道注意でリングの交換（中略）友人の運転する小型自動車で約七地点をまわって帰宅する。（以下省略）」……なんだろう。残りの五地点を知りたいです。

アイデアたっぷりの結婚式が四七種類も紹介されていますが、最後の項はスタンダードな「ふたりだけの結婚式」で締めくくられているのでした。

拾った家計簿一九六二

――『明るいくらしの家計簿』

子供の頃、夏休みが終わりに近づくと、今までののらくらした生活を呪ったり、「こんなに終わるのが嫌なんだから、最初から休みなんてなければいいのに」と、夏休み自体を逆恨みしても時すでに遅し。家族総出で溜まった宿題の特訓です。一番やっかいなのは「夏休みの日記」で、やっとの思いで机に向かい、恐る恐るページを開くと、まだ夏休みの初期、天気記号を描き込む欄に太陽マークを変な顔に描いてみたりなんかしちゃったりしてねー、とふざけたところで力尽きた痕跡だけがそこにあります。

人はどうして「毎日少しずつ」ということができないのか。

『明るいくらしの家計簿』も私の日記帳と同じように、初めの方は「支出」や「メモ」がだいたい毎日記入してありました。これは捨てられていた雑誌の束の中に紛れ込んでいた、どこのお宅の家計簿かは解らないものなのですが、一九六二年に八十二銀行が配布したノートに書き込んであります。細かく見てみましょう（人名は仮名です）。
1月27日（土）広報委員会　クリーニング代240円　モノゲン45円
　ナイトライオン85円　牛乳代918円
1月28日（日）北村母、結婚式にて上京ホテルニュージャパン（永田町）
　子供2200円　母より1000円
　うなぎ二人分400円　菓子（紀文）200円
　パン　35円　肉（豚）れい子黒上着890円
　すわ子ナイロン手袋239円　おみやげ菓子340円
　三河屋勘定1695円　肉屋勘定2778円　財布（小）100円
1月29日は記載無し
1月30日（火）秦三叔父さんとコロンバンへ　新聞代600円　そば100円
　この家計簿の持ち主はわりと裕福で文化的なお宅の奥様のようです。二月三日には「『アヒルは歌う』のダックスと外山しげるの演奏」を聴きに行かれて、「来る春を感じさせた、トスティーのイデアーレ大変よし」とおっしゃっています。ところが、

3月21日（水）午後10時10分前北村の父、危篤にて電話あり。
主人11時の汽車にて発つ

とあり、

3月23日（金）火葬　昌ちゃん××高校へパス
3月24日（土）お通夜　北村へ20000円　2等汽車280円
4月6日（金）橋本先生3000円
4月8日（日）工事予定がのびる
4月19日（木）父発病

のあと、

5月26日（土）退院

以外、7月まで空欄でした。

「北村の父」がお亡くなりになった時は家計簿をいつも通りにつけていたのに比べて、「父」が「発病」してからは空欄が続きました。この奥様の心境はどんなものだったのでしょうか。人様の家計簿を覗き見するなんて、悪趣味と思われるかもしれませんが、私がこの拾った家計簿を見る時の気持ちは、空き家に入ってそこで出会った幽霊に「こんにちは、どうぞ静かにおやすみなさいませ」と挨拶しているようなものなのだ、と最後に書き添えさせてください。

ある日の古書即売会にて
――『くらしの工夫』（生活社）

年金制度のゆくえが気になる今日この頃、みなさんお財布のヒモはカチカチでいらっしゃいますか？　こんにちは、浅生ハルミンです。私はカチカチ生活に拍車がかかる毎日です。

ところで、年金といえば「老人」です。デパートでの古書市や古書会館で開かれる市の初日には、ご老人の方達が大勢詰めかけます。ご老人達はたいてい開場時刻よりも早くから入り口付近に列を作り、なかには仕切ロープの外から手を伸ばして本をちろちろと触ったりしている気の早い方もいらっしゃいます。そして、開場の合図が鳴ると同時に全員が、杖をついて来場の方までもが、一勢にお目当ての棚めがけて猪突猛進です。

私は違った意味での「老人力」を実写で見ることに成功。売り場にはもう、一見寡黙でおだやかな老人達の熱気と汗臭さがたちこめています。私がそんな蒸し暑い空気に老人の中の野蛮を感じている間にも、ご老人達は抱えきれないくらいたくさんの古書を買うのです。本も大量になると重いので、家まで無事に持ち帰ることができるのか、とても心配になります。というか、限りある余生のうちに全部読み終えることができるのか……、あらっ、大変申し訳ないことを書いてしまいました。すみません。

ある日の古書即売会でアルバイトをさせてもらったおかげで、私はそういった老人の生きざまを目にすることができたのですが、「八七〇〇円でございます」とかいいながらも、私の目のはじに気になるオーラを発し続けている本の束が……。それは佐野繁次郎という人が装丁や本文デザイン、執筆までしている『くらしの工夫』という本です。

以前、『彷書月刊』の中で河内紀さんが花森安治の『美しい暮しの手帖』は、画家の佐野繁次郎が「戦時中に係わっていた雑誌の真似ではないかと、ひとことチクリとやったのは、柴田錬三郎」と書かれていたのを読んで、以来ずっと憶えていたので、すぐに頭の中の名案電球が輝いたのです。私は「お客さんが途切れたときに絶対買う！」と娘心に花を咲かせました。ところが、私がレジでお勘定のたし算をしている間に、ハンティング帽を被った年の頃四二、三の男性が、床に置いてある『くらしの工夫』の束の前にしゃがんでじーっと見つめ始めたのです。

娘心のすみれ草は一体どうなってしまうのでしょう。私には「ちょいと、お客様。その本を買うのですか？　すごく欲しいと思ってらっしゃいますか？　バイト料を前借りしてまで買おうとしている私の欲望よりもまさっているのですか？」と男性の背中に向かって念を送ることしかできませんでした。

幸い、その男性は手に取るだけで結わえたヒモをほどきもしませんでした。どうやら私の祈りが通じたようでした。こんな、お客なのか売る人なのかどっちつかずな女は、たぶん二度と古書市でアルバイトさせてもらえないだろうと思いました。

夢のような光景
――京都・百万遍知恩寺青空古本まつり

みなさん、こんにちは。誰かが道路に吐いて乾いた唾《つば》が五〇〇円硬貨に見えるほど、貧乏な浅生ハルミンです。

京都の「秋の古本まつり」へ行きました。若いのに渋好みの雑誌編集嬢、Kさんと出かけました。会場は「百万遍」という一遍聞いたら忘れない場所にあるお寺です。

お寺で古書市があると聞いて、「きっと薄暗いお堂の中にずらずら古書が並ぶのだ、畳に上がるのだから靴下は穴のないものを……」と厳かな気持ちだった私は、門をくぐると境内に白いテントがはりめぐらされていたので目を見張りました。午後だからか会場の中は我先にと人を押し退けるような人はいず、まばらに散ってゆっくり本を見るおじさんの頭ごしに「好評ノチャリティオークションハ鐘撞キ堂ノ前デオコナイマス、ドウゾオ集マリクダサイ」と拡声器の声が聞こえます。

一〇〇円均一、児童書、そう古くない画集、大型本、キネマ旬報と自動車関係のグラフ誌、文庫、漫画、ハードカバーの本などの新しめの本が六割。そのほかの四割が和綴じの本や大正〜昭和初期の古書でした。一〇〇円均一のテントが一番人だかりが多いです。阿弥陀堂の縁側に、まだどこに行くのか決まっていない落札待ちの本が、高く、ぐるりと並べられていて、それを「ふう～ん」という顔で眺めている暇そうな人もいます。

私は性教育の本二冊、一九六〇年代のスイスのデザインの本、メモ帳（鉛筆で薄く『詩の國帳』とある）、書きかけの『少女日記MY DIARY』、会場の隅に出ていたガラクタ売り場で、こけし、松茸と貝をあしらった置物などを買いました。

「量目で計っていくら」の計り売りもありましたが、割安にしようと工夫して、それほど欲しくない本でも買おうとする自分に向き合うのがおっくうで買いませんでした。さすがお寺でやっているだけあって煩悩が抑えられたのでしょうか。

本はテントの中だけでなく、境内の松の木の根もとや石の上や倒れた石柱の上にも置いてあり、それらにぽかぽかとした陽が射しているのを見ていたら嬉しくなってきて、「夢のような光景！」と口に出して叫んでしまいました。

そして自分がどこにいるのか解らなくなってきたので「青山ブックセンター青山ブックセンター」と現実に戻る呪文を唱えました。そばにいた紺ジャンパーのおじさんが「ねえちゃん、よかったな」という顔で笑いました。満喫どすえ。

「ずっと探していた本がありました！」と喜んで駆け寄ってきたKさんは、『私の国語教室／福田恆存』『私の食物誌／吉田健一』『異聞忍者列伝／野村敏雄』『粋と野暮のあいだ／高橋義孝』『昭和怪物伝／大宅壮一』を文庫で見つけた模様。

きびすを返して次は一〇〇円均一のテントへ向かいます。

京都へ行ってよかったなあ。また来年も行きたいなあ。「松葉」でにしんそばを食べて帰りました。

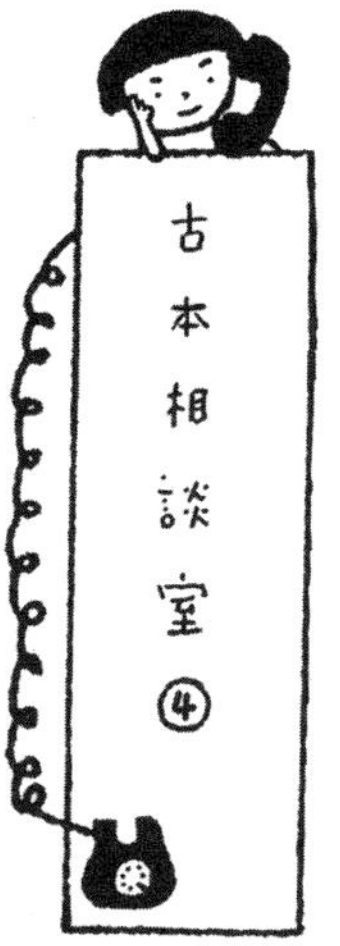

◆KAZUさま（29歳・男性）

Q 以前ネコと古本について書かれておられましたが、うちのネコも大変な癖を持っています。僕が寝転んで本を読もうと思い本をひろげるとどこからか走ってきて本の上に乗ってしまうのです。一番落ち着く姿勢が寝て読むという姿勢なので、座ってとかで読みたくないのです。やはりネコ優先であきらめるしかないのでしょうか。お知恵を貸してください。

A KAZU様。残念ながら、それをやめさせるのはちょっとむつかしいと思います。本をひろげたところにわざわざ乗るという行動は、私の知っているだけでも、私の家の猫、友だちのまみこさんちの猫、『村上春樹とネコの話』という本を書かれた鈴村和成さんというかたの家の猫……とぱぱっと数名おもい浮かぶくらい、猫のメジャーな行動のようです。その理由はたぶん誰にもわかりっこないのですが、猫をなでなでしながらこれまでの私と猫との交流に思いを馳せてみると、人が猫を擬人化して見ているように、猫も人間を猫と思っているからだと思えてなりません。

思いますに、人は、ひろげた本の上に猫が乗ってくることを「もう邪魔よ」としりぞけますが、猫にしてみれば、よくわからない四角い物体が急に2倍も大きくなって（本を見開いたから面積は倍）、俺のごはん運び係の生き物に急接近した！ 大丈夫なの!? と心中おだやかではなくなり、自分の手に負える対象かどうか、人間の安全を確認しているのだと思うのです。同じように人がトイレにこもった時や、布団をかぶった時、お風呂に入った時なども猫はととととっと駆けつけて何かを点検しにやって来ますが、猫にとってはそのどれも「俺のごはん運び係の危機」と感じているのではないでしょうか。飼い主が自分（猫）よりそこそこ大きい物や空間（お風呂やトイレ空間も一個の〝物体〟だと思っていそう）に接しているとき、いつにも増してその気持ちが盛り上がっているような。確認しおえると気が済んで、じっくり落ち着いているようだし。

猫は人を心配しているというのに、そうとは知らず邪魔をしにきたと捉える人間……それはまるで、好きな娘に出した恋文のお返事に「私、貴方が好き」と書いてあるのを読んで「キカタってやつのことが好きだったのか、フラレた――っ」と嘆き悲しむ漢字が苦手な男子のようなものなのかもしれません。サインの読み違いですからしょうがないのです。

それでは私の少ない体験から思いつく解決策を。

それは「囮（おとり）の本を置く」です。さも囮の本を読みたげな雰囲気を醸し出し、猫が乗ってきたら素直に譲る演技をして、しょうがなさそうに本命の本を広げる。あくまでもこちらは二番目というふうに……。

猫は自分が飼い主よりも偉いと思っていて、人はその被虐を甘んじて受け入れなければならないとよく聞きますが、そうともいい切れない、猫の意外な包容力をあらためて感じることができる質問でした。ありがとうございました。

世界文学全集――「猫」の巻

もし生まれ変われるのなら猫ではなく、猫の舌に毎日舐《な》められる猫のごはんの皿になりたいと妄想にあけくれる猫好きの私ですが、そんな魔法はこの世に存在するわけがありません。そうした猫に対するさまよえる愛情は、私を本屋さんへと向かわせます。さすが人とのつきあいの歴史は紀元前からと長きにわたる猫のこと。世にはあまたの猫に関する本があり、その猫に対するまなざしもまた様々。いったい人は猫に何を求めているのだろう。自由気ままな恋人か、はたまた自分の慰めか。

今回選んだ本にもこれまた様々なタイプの猫が登場します。それはもちろん人が考え出した猫のありようですが、猫にどんな気持ちを托《たく》すのか、それは人の中の何かを浮き彫りにもしてしまいます。私が八冊の本をここに並べることによって、ふーんなるほどね、と私のことまで見透かされてしまうかもしれないけれど、そんな恥ずかしさはさておいても挙げたい興味深い猫本です。

内田百閒《ひゃっけん》『ノラや』（中央文庫、一九九七年）

猫の本、といえば避けて通れないこの随筆集（初版は一九五七年）。ひねくれ者の私はこれまでこの本を、遠まきにしていたのですが、そんな自分の愚かさに気づかされた。私がもっとも身につまされたのは、その中の「千丁の柳」。皆で取材旅行中、百閒は枯れ木にとまったカラスを見てもノラのことを思い出して泣いてしまうありさまで、この旅行中の居心地悪そうな文章の書かれ方は、ノラのことをことこまかに書いた他の文章にくらべると、あきらかにテンションが違っているように思えるのです。猫を失い、魂がすっかり抜かれてしまった自分をこれだけあられもなく表明してしまえるのは猫に魅入られた人ならではのもの。

レオノール・フィニ『夢先案内猫』（北嶋廣敏訳、工作舎、一九八〇年）

どこか作りものめいたRという不思議な町へ来た男は、夢先案内猫に誘われシュールな世界に迷い込む。猫は人に幻と現実の境界越えをさせる生き物。でも驚いたことに幻想の世界でも猫が外をお散歩するのは午後四時頃だってこと。うちの近所の猫と同じだった！（原書は一九七八年刊）

秋吉久美子『クミコの詩集　いないいない　ばあ』（講談社、一九七五年）

目次に「ねこ」というタイトルがあり、読めば猫の肛門について綴った詩であった。私はしっぽを高く上げお尻の穴を露わにして町を闊歩《かっぽ》する猫に遭遇すると、なぜか自分がそこにいることを許されているような気持になるのですが、「ねこ」もまた、この儚い詩が存在できることが世界の優しさのしるしなのよ、というクミコさんのメッセージなのかもしれません。

吉田知子『猫の目、女の目』（大和書房、一九七四年）

「なぜか猫を見ると気が狂う」という一文で始まるブラックユーモア風エッセイ。「私の魂は猫の形をしている」という著者は生け垣の下でじっとしている猫と目が合うと、自分の魂がさまよい出てしまったと思って「アアッ」と声を上げてしまうのだそうです。怪奇の趣にいろどられた猫との逢瀬を重ねて最後には自分も猫になってしまったり、そこには女の子のひとり遊びにも似た恍惚が充満している。

武田百合子『日日雑記』（中央公論社、一九九二年）

百合子さんは猫のいい場面を見逃さない。古い鍋を棄てようか娘さんと相談中、「ふと廊下を見ると、奥の部屋へ向かって歩いて行く途中であった玉が、前肢を一歩踏み出そうとして宙に浮かせた恰好のまんま、カナシバリにあったごとく立ちすくんでいた。私の声の方角へ三角の耳をぴんと捩り向けて。古い？……棄てて……？とは、このワシのことか？　という風に」。こんな場面に私も遭遇してみたい！　あと、百合子さんの真似をして子猫の首根っこを口にくわえて四本足で歩いて出っ歯になりたい。

金崎肇『ねこ　ネコ　人間』（創造社、一九七四年）

猫に手編みのベストを着せ、新聞に愛猫の死亡広告を載せて高級御影石で墓を建てる著者は、当時大学の先生でありながら日本猫愛好会のえらい人。愛するものに対して何かしてやりたいと試行錯誤する気持ちは私にも身に憶えがある。そうしてしまうのは、相手がものいわぬ動物であるがゆえ、気持ちを測るすべがないからなのだ。

ジョルジョ・チェッリ『猫暮らし』(泉典子訳、飯窪敏彦写真、文藝春秋、一九九七年)

昆虫学者が自宅のマンション猫を観察。何の変哲もない猫の行動を詳しく見て発見してゆく〝自家製行動学〟に夢は広がる。ささいなことから何事かを見出す人とそうでない人の違いは、それに魅了されているかどうかということに尽きると思った。(原書は一九九四年刊)

平出隆『猫の客』(河出書房新社、二〇〇一年)

昼間家からいなくなってしまう猫は、飼い主も知らないような場所に立ち寄ったりしているかもしれない。猫は〝人〟と〝場所〟の間をゆきつもどりつ、つかみきれない空白の時間をもつ生き物。それを平出隆は選びぬいた美しい言葉で猫の輪郭を辿る。私はご近所で猫をみつけるとあとを追い、どこに行くのか確かめるのが好きなのですが、そのことのおこりは『猫の客』に影響されたからである、ということを記して、筆を置きます。

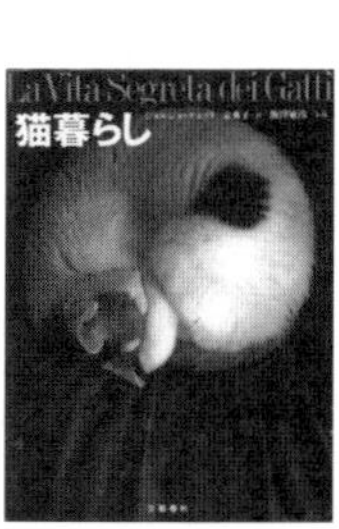

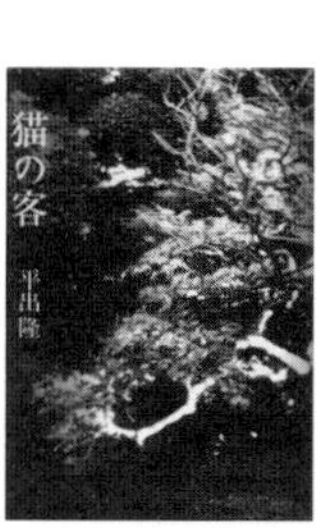

あとがき

ここにあるのは、一九九四年から二〇〇八年にかけて私が書いた文章と、書き下ろしの一篇です。全体にわたって修正と加筆をしましたが、月日を経て意味が通じなくなってしまった固有名詞はそのまま残したところがあります。

「じじいの鼻ちょうちん」を書いた頃は古本屋「なないろ文庫ふしぎ堂」で店番のアルバイトをしていました。店主であり『彷書月刊』編集長の田村治芳さんに「書いてみたら」とすすめられて、気負いまくって何日がかりかで書いた文章です。そのあと『彷書月刊』に十年以上も連載させていただくとは思ってもみませんでした。「パンツと私——鴨居羊子」は、『彷書月刊』の読者であった近代ナリコさんが「ミニコミを創刊するので、そこに書いてみませんか」と見ず知らずの私を誘ってくださって書いた文章です。以来近代さんのつくるミニコミ『モダンジュース』が出るたびに文章を書かせてもらうようになりました。画家の林哲夫さんの『sumus』に「女と狩猟」を載せていただくことができたのも『モダンジュース』に書いたことがご縁です。

この本の中で最も思い入れがあるのは「おかまのミーちゃん」です。これは雑誌『relax』に連載していたものです。この頃うちに猫がきました。

古本の世界をのぞき見しているうちに若い古本屋さんたちと出会いました。岡崎武志さんのご自宅に海月書林の市川慎子さんとお邪魔したとき、古書現世の向井透史さんとはじめて会い、それがきっかけでメールマガジン『早稲田古本村通信』に書かせてもらうようになりました。メールで原稿を送ると電話がかかってきて「また今回もすごいですよ、これは」と向井さんが笑ってくれるので、そのたびに「ああ、よかった」と安堵していました。

息切れしながら書いた文章がまとまると、そのときどきに励ましてくださったり助けてくださったり締切ってくださった方たちのことが思い浮かびます。あの頃の私はどういう服を着ていてどういう場所をほっつき歩いて、何を欲しいと思っていたのかも、白日のもとに曝されます。通して読むと、その頃と今とでは欲しいものが減った、というかあきらめがついてさっぱりしたほかは、根っこの部分はあまり変わっていませんでした。このような場所で「自分はずっと変わってない」と書くのは格好よすぎて恥ずかしいと思っていたのですが、恥ずかしがっている時間はもう無いかもしれないのだから、「変わってない」と書けてよかったと思います。きっと私はこれからも、今までと同じように、身の周りの小さな出来事を、全世界的に起こった重大事件だというふうにふくらませて受け止めて、世の中とつきあってゆくに違いないのです。

ある日、晶文社の宮里潤さんが私の前にあらわれて、これまでの文章をまとめることを熱心に勧めてくれました。なかなか行動をおこさない私を粘り強く待ってくださり、雲散霧消の文章や資料を素晴らしい発掘力でかき集めて本にしてくださいました。本当にお世話になりました。ブックデザインを引き受けてくださった名久井直子さん、これまでお世話になった編集者の方がたにも深くお礼を申し上げます。

二〇〇九年一月

浅生ハルミン

初出一覧

〈1〉
◎女と狩猟……SUMUS 2号　2000年1月刊
◎モリーナの壁……モダンジュース5号　2001年3月刊
◎ナジャ偵察日記……モダンジュース別冊・宇野亜喜良の世界　2002年2月刊
◎女とお稽古事のふしぎ……モダンジュース6号　2003年4月刊
◎恋人の卵かけごはん（農文協「ふるさとの家庭料理6　だんご　ちまき」改題）……モダンジュース7　2006年7月刊
◎美学校のおもいで（「美学校で学んだこと」改題）……彷書月刊　1998年3月号
◎「おかんアート」のように……ユリイカ　2006年11月号

〈2〉
◎パンツと私——鴨居洋子……モダンジュース1号　1998年7月刊
◎新婚　ペア・ドール——水森亜土……モダンジュース4号　2000年10月刊
◎ヨコハマ・マイ・ソウルタウン——藤竜也①……モダンジュース3号　1999年11月刊
◎マイ・ミスター・ムスタァシュ——藤竜也②……小説すばる　2006年2月号
◎じじいの鼻ちょうちん——杉浦茂……彷書月刊　1994年3月号
◎ピンボール・アリス、ピンボーラー・キャロル——ルイス・キャロル……彷書月刊　1996年9月号
◎素敵なおじさまたち——吉田照美・小田和正・林家染丸・川崎敬三……モダンジュース3号　1999年11月刊
◎事故したままで走る——田村治芳……彷書月刊（記念イベント冊子「本の海」収録文）　2004年
◎もうひとりの向井さん——向井透史……『早稲田古本屋日録』右文　2006年2月刊
◎虫愛ずるひとたち——虫研究者の方々……書下ろし
◎トメ子の世界乙女百科……「サクラ咲く」リラックス　2002年1月号
「黒いこけしを磨く女子・ミヤギ。」同　2001年4月号
「ファンの真髄は心がわりにあり。トシちゃんとハマ子。」同　2001年6月号
「反ナチュラル派宣言。おかまのミーちゃん」同　2001年7月号
「うんちを捨てる女子 愛犬家・ミチ子」同　2001年8月号／「ジャーヌとアリンコ。」同　2001年12月

〈3〉
◎過剰な乙女文化〜夢のような光景……彷書月刊　1994年4月号〜1999年1月号
◎世界文学大全集「猫」の巻……小説すばる　2005年8月号
◎ハルミン・ダイアリー／◎目まいのする古本相談室……早稲田古本村通信（メールマガジン）2004〜2008年に発表

著者について

浅生ハルミン（あさお・はるみん）

一九六六年三重県生まれ。イラストレーター、エッセイスト。NHK-BS「こころがこどもになる」オープニングタイトルのアニメーションや、リビングセンターOZONEで行なわれた「日本人とすまい・家事」展のイラストレーションを手掛ける。またエッセイストとしても「studio voice」「modern juice」「彷書月刊」「webちくま」などに執筆。著書に『私は猫ストーカー』『帰って来た猫ストーカー』（ともに洋泉社）、『ハルミンの読書クラブ』（彷徨舎）。共著に『植草甚一　ぼくたちの大好きなおじさん』（晶文社）がある。

猫座《ねこざ》の女《おんな》の生活《せいかつ》と意見《いけん》

二〇〇九年二月一〇日初版

著者　浅生ハルミン

発行者　株式会社晶文社

東京都千代田区外神田二−一−一二

電話（〇三）三二五五−四五〇一（代表）・四五〇三（編集）

URL http://www.shobunsha.co.jp

ダイトー印刷・三高堂製本

ISBN978-4-7949-6741-1　Printed in Japan